TRANZLATY

El idioma es para todos

言語はすべての人のためのもの

Las Aventuras de Alicia en el País de las Maravillas

不思議の国のアリスの冒険

Lewis Carroll

ルイス・キャロル

Español / 日本語

Por la madriguera del conejo
ウサギの穴を下って

Alicia empezaba a cansarse mucho
アリスはすごく疲れ始めていました
Estaba sentada junto a su hermana en el banco de hierba
彼女は芝生の土手に姉のそばに座っていました
Pero ella no tenía nada que hacer
しかし、彼女は何もすることがありませんでした
Su hermana estaba leyendo un libro
彼女の妹は本を読んでいました
una o dos veces Alicia echó un vistazo al libro
一度か二度、アリスは本を覗き込んだ
Pero el libro no contenía imágenes ni conversaciones
しかし、その本には写真や会話はありませんでした
«¿De qué sirve un libro sin imágenes?», pensó Alicia
「写真のない本に何の役に立つの?」とアリスは思いま
した
"¿Por qué un libro no tendría conversaciones?"
「なぜ本には会話がないのだろう?」
Pero tenía otras cosas que considerar

しかし、彼女には他にも考慮すべきことがありました
"Hacer una cadena de margaritas sería un placer"
「ヒナギクのチェーンを作るのは楽しいでしょう」
"¿Pero vale la pena el esfuerzo de levantarse y recoger las margaritas?"
「でも、起きてヒナギクを摘む努力はあるのだろうか??
」
No era tan fácil pensar en esto
これは考えるのはそれほど簡単ではありませんでした
porque el día la estaba haciendo sentir somnolienta y estúpida
なぜなら、その日は彼女を眠くて愚かに感じさせていたからです
Pero de repente sus pensamientos se vieron interrumpidos
しかし、突然、彼女の思考が中断されました
un conejo blanco de ojos rosados corrió cerca de ella
ピンクの目をした白ウサギが彼女のそばを走っていました

No había nada demasiado notable en el conejo
ウサギについて過度に注目に値するものは何もありませ
んでした
y Alicia tampoco pensó que el conejo fuera notable
そしてアリスはウサギも注目に値するとは思いませんで
した
ni le extrañó que el Conejo hablara
ウサギが話したときも彼女は驚きませんでした
"¡Oh, Dios mío! ¡Llegaré demasiado tarde!", se dijo a sí
mismo
「あらまあ！もう手遅れだ！」と彼は自分に言い聞かせた
pero entonces el Conejo hizo algo que los conejos no hacían
しかし、その後、ウサギはウサギがしなかったことをし
ました
el Conejo sacó un reloj del bolsillo de su chaleco
ウサギはチョッキのポケットから時計を取り出した
Miró la hora y luego se apresuró a seguir adelante
彼は時間を見て、急いで走りました
Alicia se puso en pie, asombrada
アリスは驚いて立ち上がった
¡Nunca antes había visto un conejo con chaleco!
彼女はそれまでチョッキを着たウサギを見たことがあり
ませんでした！
¡Tampoco había visto nunca un conejo con reloj!
また、時計をつけたウサギも見たことがありませんでし
た。
Alicia ardía con una nueva curiosidad
アリスは新たな好奇心に燃えていました
y corrió por el campo tras el Conejo
そして、ウサギの後を追って野原を横切って走りました
Llegó justo a tiempo para ver desaparecer al conejo
彼女はちょうどウサギが消えるのを見るのにちょうど間
に合いました
El conejo saltó a una gran madriguera
ウサギは大きなウサギの穴に飛び降りました
¡En otro momento, Alicia bajó detrás del conejo!

次の瞬間、アリスがウサギを追いかけました！
La madriguera del conejo seguía recto como un túnel
ウサギの穴はトンネルのようにまっすぐに続いていました
Y el túnel siguió avanzando a cierta distancia
そして、トンネルはしばらく続きました
Y entonces el camino de repente se hundió
そして、道は突然下り坂になりました
Alicia no tuvo ni un momento para pensar en detenerse
アリスは自分を止めようと考える暇さえありませんでした
Se encontró a sí misma cayendo y abajo y abajo
彼女は自分がどんどん落ちていくことに気づきました
Parecía como si hubiera caído en un pozo muy profundo
まるで彼女がとても深い井戸に落ちてしまったかのようだった
O el pozo era muy profundo, o ella caía muy lentamente
井戸が非常に深かったか、または彼女は非常にゆっくりと落ちました
porque tenía tiempo de sobra para caer
彼女が落ちる時間は十分あったからです
Mientras caía, podía mirar a su alrededor
彼女が落ちているとき、彼女は周りを見回すことができました
Primero, trató de averiguar a dónde iba
まず、彼女は自分がどこに向かっているのかを理解しようとしました
Pero el pozo estaba demasiado oscuro para ver nada
しかし、井戸は暗すぎて何も見えませんでした
Luego miró a los lados del pozo
それから彼女は井戸の側面を見ました
Y se dio cuenta de que había armarios a su alrededor
そして、彼女は周りに食器棚があることに気づきました
y alrededor del pozo había estanterías de libros
そして井戸の周りには本棚がありました
Aquí y allá veía mapas y cuadros colgados de perchas

彼女はあちこちで、ペグに掛けられた地図や絵を見ました

Al pasar, bajó un frasco de una de las estanterías
彼女は通り過ぎるときに棚の一つから瓶を降ろした

El frasco estaba etiquetado por su contenido
瓶にはその内容物にラベルが付けられていました

"MERMELADA DE NARANJAS"
「みかんから作るマーマレード」

Pero, para su gran decepción, el frasco de mermelada estaba vacío
しかし、彼女が非常に失望したことに、マーマレードの瓶は空でした

No quería dejar caer el tarro de mermelada vacío
彼女は空のマーマレードの瓶を落としたくなかった

y su caída fue muy lenta
そして彼女の落下は非常に遅かった

Así que se las arregló para poner el frasco de mermelada en uno de los armarios
それで彼女はなんとかマーマレードの瓶を食器棚の1つに入れることができました

¡Abajo, abajo, abajo, ella cae!
下、彼女は落ちる!

¿Llegaría alguna vez la caída a su fin?
この堕落はいつか終わるのだろうか?

No había nada más que hacer
他にやることがなかった

así que Alicia pronto empezó a hablar consigo misma
だからアリスは、すぐに独り言を言い始めました

—¡Dinah me echará mucho de menos esta noche, creo!
「ダイナは今夜、僕をとても恋しく思うだろう、僕は思うべきだ!」

Dinah era la gata de Alicia
ダイナはアリスの猫だった

"Espero que se acuerden de su plato de leche a la hora del té"
「ティータイムに彼女のミルクの受け皿を覚えていることを願っています」

—¡Dinah, querida, desearía que estuvieras aquí abajo conmigo!

「ダイナ、愛する人、あなたが私と一緒にここにいてくれたらいいのに！」

Alicia sintió que se estaba quedando dormida

アリスは居眠りをしているように感じました

Y de repente, ¡pum! ¡golpe!

そして突然、ドスン！ゴツン！

Cayó sobre un montón de palos

彼女は棒の山の上に落ちました

y aterrizó sobre un montón de hojas secas

そして彼女は乾いた葉の山に着地しました

Y finalmente la larga caída por el agujero había terminado

そしてついに、穴への長い落下が終わった

Alicia no estaba herida en lo más mínimo

アリスは少しも傷ついていませんでした

Y se levantó de un salto en un momento

そして彼女はすぐに飛び上がった

Alzó la vista, pero todo estaba oscuro sobre su cabeza

彼女は顔を上げたが、頭上は真っ暗だった

Frente a ella había otro largo pasillo

彼女の前には、また長い廊下がありました

y el Conejo Blanco seguía a la vista

そして、白ウサギはまだ見えていました

Corría por el pasillo

彼は廊下を急いでいた

No había un momento que perder

一瞬たりとも迷うことはありませんでした

Alicia salió corriendo como el viento

風のようにアリスを走らせた

A la vuelta de la esquina giró el conejo

角を曲がったところでウサギが回った

Llegó justo a tiempo para oír al conejo

彼女はちょうどウサギの声を聞くのに間に合いました

"Oh, mis orejas y bigotes"

「ああ、私の耳とひげ」

"¡Qué tarde se está haciendo!"
「もう遅くなってきた！」
Estaba muy cerca del conejo
彼女はウサギのすぐ後ろにいました
Dobló otra esquina
彼女は別の角を曲がった
pero el Conejo ya no se dejaba ver
しかし、ウサギはもう見えませんでした
Se encontró en un pasillo largo y bajo
彼女は自分が長くて低いホールにいることに気づきました
La sala estaba iluminada por una hilera de lámparas de techo
ホールは天井のランプの列で照らされていました
Había puertas por todo el pasillo
ホールのいたるところにドアがありました
pero todas las puertas estaban cerradas con llave
しかし、すべてのドアは施錠されていました
Caminó por un lado del pasillo
彼女は廊下の片側をずっと歩いていった
Y ella había caminado todo el camino hasta el otro lado de la sala
そして彼女はホールの反対側までずっと歩いてきました
Había intentado todas las puertas
彼女はすべてのドアを試しました
Y caminó tristemente por el centro del pasillo
そして彼女は悲しそうに廊下の真ん中を歩いていきました
"¿Cómo voy a volver a salir?"
「どうやってまた出られるのだろう？」

De repente se encontró con una mesita
突然、彼女は小さなテーブルに出くわしました
La mesa estaba hecha completamente de vidrio macizo
テーブルは全体が無垢のガラスでできていました
No había nada sobre la mesa, excepto una pequeña llave dorada
テーブルの上には小さな金の鍵以外は何もありませんでした
¡La llave podría pertenecer a una de las puertas!
鍵はドアの1つに属している可能性があります！
Pero, ¡ay! Algunas de las cerraduras eran demasiado grandes para las llaves
しかし、悲しいかな！一部のロックはキーに対して大きすぎました
y para las otras cerraduras la llave era demasiado pequeña
そして他のロックについては、キーが小さすぎました
Pero, en cualquier caso, la llave no abrió ninguna de las puertas
しかし、いずれにせよ、鍵はどのドアも開かなかった
Pero, ¿qué iba a hacer ella?
しかし、彼女は何をすべきだったのでしょうか？

Volvió a atravesar el pasillo
彼女は再びホールを通り抜けた
Y esta vez se fijó en una cortina baja
そして今度は低いカーテンに気づいた
Detrás de la cortina había una puertecita
カーテンの向こうには小さなドアがありました
La puerta tenía unos quince centímetros de alto
ドアの高さは約15インチでした
Probó la pequeña llave dorada en la cerradura
彼女は鍵の中の小さな金色の鍵を試しました
Y para su gran deleite, ¡la llave encajó en la cerradura!
そして、彼女が大いに喜んだことに、鍵は錠に収まりました！
Alicia abrió la puerta
アリスはドアを開けた
Y encontró que la puerta daba a un pequeño pasillo
そして、ドアは小さな廊下に通じているのを見つけました
El corredor no era mucho más grande que una madriguera de ratas
廊下はネズミの穴ほどの大きさではありませんでした
Se arrodilló y miró a lo largo del pasillo
彼女はひざまずいて廊下を見つめた
Y ella vio el jardín más hermoso que jamás hayas visto
そして、彼女はあなたが今まで見た中で最も美しい庭を見ました
¡Cómo anhelaba salir de ese oscuro salón
彼女はその暗いホールから出ることをどれほど切望していたか
cómo quería vagar entre esas flores brillantes
彼女はその明るい花の間をさまよいたかった
¡Qué genial se veían esas fuentes
その噴水がさわやかに見えたのはなんとクールだったことでしょう
Pero ni siquiera podía meter la cabeza por la puerta
しかし、彼女は戸口から頭を出すことさえできませんで

した
-¡Oh! -exclamó Alicia con tristeza-
「あら」とアリスは悲しそうに言いました
"¡Cómo desearía poder plegarme como un telescopio!"
「望遠鏡のように折りたたむことができたらどんなにい
いのに！」
"Creo que podría plegarme como un telescopio"
「望遠鏡のように折りたたむことができると思う」
"Si supiera cómo empezar"
「始め方がわかればいいのに」
Alicia volvió a la mesa
アリスはテーブルに戻りました
Existía la posibilidad de encontrar otra llave
別の鍵を見つけるチャンスがありました
O podría haber un libro de reglas
あるいは、ルールの本があるかもしれません
El libro podría decirle cómo plegarse como un telescopio
その本は、望遠鏡のように折りたたむ方法を彼女に教え
てくれるかもしれません
Esta vez encontró una botellita
今回は小さなボトルを見つけました
—Esta botella no estaba aquí antes —dijo Alicia—
「このボトルは確かに前にはなかった」とアリスは言い
ました
y atada alrededor del cuello de la botella había una etiqueta
de papel
そしてボトルの首に巻かれていたのは紙のラベルでした
La etiqueta estaba bellamente impresa en letras grandes
ラベルは大きな文字で美しく印刷されていました
"BÉBEME"
「飲んで」
—No, miraré primero —dijo ella—
「いや、まず見るよ」と彼女は言った
"Veré si la botella está marcada como venenosa o no"
「ボトルが毒物と表示されているかどうか確認します」
porque nunca olvidó la lección sobre el veneno

彼女は毒についての教訓を決して忘れなかったからです
"Si una botella está etiquetada como venenosa, es probable
que no esté de acuerdo contigo"
「ボトルに有毒なラベルが付けられている場合、それは
あなたに同意しないに違いありません」
Sin embargo, esta botella no estaba marcada como venenosa
しかし、このボトルは有毒とマークされていませんでし
た
así que Alicia se aventuró a probar el contenido de la botella
そうアリスは思い切ってボトルの中身を味わってみました
た
Encontró el líquido bastante de su agrado
彼女はその液体が自分の好みにかなり合っていると感じ
ました
La bebida tenía una especie de sabor mezclado
飲み物は一種の混合フレーバーを持っていました
tarta de cerezas, natillas y piña
チェリータルト、カスタード、パイナップル
Pavo asado, caramelo y tostadas con mantequilla caliente
ローストターキー、タフィー、トーストとホットバター
Y pronto acabó la botella
そして彼女はすぐにボトルを飲み干しました
-¡Qué sensación tan curiosa! -exclamó Alicia-
「なんて不思議な感じなの！」とアリスは言いました
"¡Me estoy pliegando como un telescopio!"
「望遠鏡のように折りたたまれてる！」
¡Y se estaba pliegando como un telescopio!
そして、彼女は本当に望遠鏡のように折りたたまれてい
ました！
Ahora solo medía diez pulgadas de alto
彼女の身長は今やわずか10インチでした
y su rostro se iluminó con sus pensamientos
そして彼女の顔は彼女の考えに明るくなりました
Ahora ella tenía el tamaño adecuado para la pequeña puerta
今、彼女は小さなドアにふさわしいサイズになりました
Ahora podía entrar en ese hermoso jardín

今、彼女はその美しい庭に入ることができました
Pronto dejó de hacerse más pequeña
すぐに彼女は小さくなるのをやめました
Decidió ir al jardín de inmediato
彼女はすぐに庭に行くことにしました
pero, ¡ay de la pobre Alicia!
しかし、悲しいかな、かわいそうなアリスにとっては！
Llegó a la puerta
彼女はドアに着きました
Pero había olvidado la pequeña llave de oro
しかし、彼女は小さな金の鍵を忘れていました
Volvió a la mesa en busca de la llave
彼女は鍵を取りにテーブルに戻った
Pero se dio cuenta de que no podía llegar lo suficientemente
alto
しかし、彼女は十分に高いところに到達できないことに
気づきました
Podía ver la llave claramente a través del cristal
彼女はガラス越しに鍵をはっきりと見ることができまし
た
Trató de trepar por las patas de la mesa
彼女はテーブルの脚を登ろうとした
Pero el cristal era demasiado resbaladizo
しかし、ガラスはあまりにも滑りやすかったです
Con el tiempo se cansó de intentarlo
結局、彼女は努力して疲れ果ててしまいました
Y la pobre niña se sentó y lloró
そして、かわいそうな少女は座って泣きました
Alicia se habló a sí misma con bastante brusquedad
アリスはやや鋭く独り言を言いました
"¡Vamos, no sirve de nada llorar así!"
「さあ、そんなに泣いても無駄だよ！」
"¡Te aconsejo que te detengas ahora mismo!"
「今すぐやめるように忠告するよ！」
En general, se daba muy buenos consejos
彼女は一般的に自分自身に非常に良いアドバイスをしま

した
aunque muy rara vez seguía sus propios consejos
しかし、彼女は自分のアドバイスに従うことはめったに
ありませんでした
Y a veces era demasiado dura consigo misma
そして、彼女は時々自分自身に厳しすぎることがありま
した
y sus palabras hicieron que se le llenaran los ojos de
lágrimas
そして彼女の言葉は彼女の目に涙を浮かべました
Pronto sus ojos se posaron en una cajita de cristal
すぐに彼女の目は小さなガラスの箱に落ちました
La cajita de cristal estaba debajo de la mesa
小さなガラスの箱はテーブルの下に横たわっていました
En la caja de cristal había un pastel muy pequeño
ガラスの箱の中には、とても小さなケーキが入っていま
した
En el pastel, algunas palabras estaban bellamente escritas
ケーキの上には、いくつかの言葉が美しく書かれていま
した
Las palabras habían sido marcadas con grosellas
その言葉はスグリでマークされていました
"CÓMEME"
「イート・ミー」
—Bueno, me comeré el pastel —dijo Alicia—
「じゃあ、ケーキを食べちゃうよ」とアリスは言いまし
た
"y si el pastel me hace crecer, puedo llegar a la llave"
「そして、ケーキが私を大きくするなら、鍵にたどり着
くことができます」
"y si el pastel me hace más pequeño, puedo arrastrarme por
debajo de la puerta"
「そして、ケーキが私を小さくするなら、私はドアの下
に忍び込むことができます」
"así que de cualquier manera me meteré en el jardín"
「だから、いずれにせよ、庭に入るよ」

"¡Y no me importa cuál de los dos suceda!"
「そして、どちらが起こっても構わない！」
Se comió un pedacito del pastel
彼女はケーキを少し食べました
Y se habló a sí misma con ansiedad:
そして彼女は心配そうに独り言を言いました。
—¿De qué manera? ¿Hacia dónde?
「どっち？どっちに？」
Y se llevó la mano a la cabeza
そして彼女は頭に手を当てました
Quería sentir de qué manera estaba creciendo
彼女は自分がどちらに成長しているのかを感じたかった
のです
Se sorprendió bastante al descubrir lo que había sucedido
彼女は何が起こったのかを知って非常に驚いていました
¡Había permanecido del mismo tamaño!
彼女は同じサイズのままだった！
Así que esta vez redobló sus esfuerzos
だから今回は、彼女は努力を倍増させた
Y pronto terminó todo el pastel
そしてすぐに彼女はケーキ全体を食べ終えました

El charco de lágrimas
涙のプール

-¡Esto se está poniendo cada vez más interesante! -exclamó
Alicia-

「だんだん面白くなっちゃったね!」とアリスは叫びま
した

Se puede ver que estaba muy sorprendida

彼女がとても驚いていたのがわかります

"¡Me estoy abriendo como el telescopio más grande que
jamás haya existido!"

「今までで最大の望遠鏡のように、私は開いています!
」

—¡Adiós, pies! ¡Oh, mis pobres piecitos!

「さようなら、足!ああ、私のかわいそうな小さな足」

"Me pregunto quién se pondrá sus zapatos por ustedes
ahora, queridos".

「これからは、誰があなたのために靴を履いてくれるの
かな?」

—¿Y me pregunto quién se pondrá las medias?

「それで、誰が君のストッキングを履くのだろう?」

"Estaré demasiado lejos"

「私はかなり遠く離れてしまうでしょう」

"No podré preocuparme más por ti"

「もう君のことで悩むことは許されない」

Justo en ese momento su cabeza golpeó contra algo

ちょうどこの瞬間、彼女の頭が何かにぶつかった

Había llegado al techo de la sala

彼女はホールの屋上にたどり着いていた

De hecho, ahora medía más de dos metros de altura

実際、彼女の身長は2メートル以上になっていました

Y al instante tomó la pequeña llave de oro

そしてすぐに小さな金の鍵を取り上げました

Y se apresuró a llegar a la puerta del jardín

そして彼女は庭のドアに急いで行きました

¡Pobre Alicia! No había mucho que pudiera hacer

かわいそうなアリス!彼女にできることはあまりありま

せんでした
Se acostó de lado
彼女は片側に横たわった
Y miró al jardín con un ojo
そして彼女は片目で庭を覗き込みました
Pero salir adelante era más desesperado que nunca
しかし、それを乗り越えることは、かつてないほど絶望
的でした
Se sentó y comenzó a llorar de nuevo
彼女は座り、再び泣き始めました
Siguió derramando galones de lágrimas
彼女は何ガロンもの涙を流し続けました
Pronto había un gran estanque a su alrededor
すぐに彼女の周りには大きなプールができました
Y el agua llegaba hasta la mitad del pasillo
そして水は廊下の半分まで達しました
Al cabo de un rato, oyó un pequeño golpeteo de pies
しばらくすると、彼女は小さな足のパタパタという音を
聞いた
Oyó los pasos que venían de lejos
遠くから足音が聞こえた
Y se secó los ojos apresuradamente para ver lo que venía
そして彼女は急いで目を乾かし、これから何が起こるか
を見ました
Era el Conejo Blanco que regresaba
白ウサギが戻ってきた
Iba espléndidamente vestido
彼は立派な服装をしていました
Tenía un par de guantes blancos en una mano
彼は片手に白い手袋を持っていました
y tenía un gran abanico de plumas en la otra mano
そして、もう片方の手には大きな羽根の扇子を持ってい
ました
Llegó trotando a toda prisa
彼は大急ぎで小走りでやって来ました
y murmuró para sí: "¡Oh! ¡La duquesa, la duquesa!

そして彼は独り言をつぶやいた。公爵夫人、公爵夫人！
」
—¡Oh! ¡No será salvaje si la he hecho esperar!
「ああ！もし私が彼女を待たせていたら、彼女は野蛮に
なるんじゃないの！

Cuando el Conejo se acercó a ella, Alicia habló
うさぎが彼女に近づくと、アリスは話しかけました
Pero ella hablaba en voz baja y tímida
しかし、彼女は低く、臆病な声で話した
"Señor, por favor, deje de hacer lo que está haciendo por un
momento"
「先生、ちょっとおやめください」
El Conejo se sobresaltó violentamente
ウサギは激しく驚いた
Dejó caer los guantes blancos y el abanico de plumas
彼は白い手袋と羽根扇子を落としました
Y se escabulló en la oscuridad lo más rápido que pudo
そして彼はできるだけ速く暗闇の中へと急いで逃げてい
った
Alicia recogió el abanico de plumas y los guantes
アリスは羽根扇子と手袋を拾い上げました

Y no paraba de abanicarse mientras seguía hablando
そして、彼女は話し続けながら自分自身を扇ぎ続けました

"¡Querido, querido! ¡Qué extraño es todo hoy!"
「ああ、ああ！今日は何もかもがなんと奇妙なことでしょう！」

"Ayer las cosas siguieron como siempre"
「昨日はいつも通りのことだった」

—¿Era yo el mismo cuando me levanté esta mañana?
「今朝起きたときも私も同じだったの？」

"Pero si no soy el mismo, hay otra cuestión"
「でも、もし私が同じでないなら、また別の疑問がある」

"¿Quién demonios soy yo?"
「私はいったい何者なの？」

"¡Ah, ese es el gran rompecabezas!"
「ああ、それは素晴らしいパズルだ！」

Al decir esto, se miró las manos
そう言いながら、彼女は自分の手を見下ろしました

Llevaba uno de los Conejos, gusanos blancos
彼女はウサギの小さな白い手袋をはめていました

No se había dado cuenta de que se había puesto el guante mientras hablaba
彼女は話しているときに手袋をはめたことに気づいていませんでした

"¿Cómo pude haber hecho eso?", pensó
「どうしてそんなことができるの？」彼女は思った

"Debo estar haciéndome pequeño otra vez"
「また小さくなってきたんだろうな」

Se levantó y se acercó a la mesa para medir su altura
彼女は立ち上がり、テーブルに行って身長を測りました

Descubrió que ahora medía aproximadamente medio metro de altura
彼女は今、自分の身長が約50メートルであることに気づきました

Y ella seguía encogiéndose rápidamente

そして、彼女はまだ急速に縮小していました
Pronto descubrió cuál era la causa del encogimiento
彼女はすぐに、縮小の原因が何であるかを見つけました
¡El abanico de plumas la estaba haciendo más pequeña de nuevo!
羽根の扇子が彼女を再び小さくしていました！
Y dejó caer el abanico de plumas apresuradamente
そして彼女は急いで羽根扇子を落としました
Dejó caer el abanico de plumas justo a tiempo para salvarse
彼女は自分を救うために、ちょうど間に合った羽根扇子を落としました
Si se hubiera abanicado por más tiempo, se habría encogido por completo
もし彼女がこれ以上自分を扇いでいたら、彼女は完全に縮んでいただろう
-¡Ha sido una fuga por los pelos! -dijo Alicia-
「あれは辛うじての逃げ道だったのに！」とアリスは言った
Y se asustó mucho ante el cambio repentino
そして、彼女は突然の変化にかなり怯えていました
pero estaba muy contenta de encontrarse todavía en existencia
しかし、彼女は自分がまだ存在していることに気づき、とても嬉しかったです
―¡Y ahora, al jardín!
「さあ、庭へ行こう！」
Y corrió a toda prisa hacia la puertecita
そして、彼女は全速力で小さなドアに走って戻った
Pero, ¡ay! La puertecita se cerró de nuevo
しかし、悲しいかな！小さなドアは再び閉まりました
Y la pequeña llave de oro volvía a estar sobre la mesa de cristal
そして、小さな金の鍵は再びガラスのテーブルの上に転がっていました
"Las cosas están peor que nunca", pensó el pobre niño
「事態はかつてないほど悪化している」と可哀想な子供

は思いました
"Nunca antes había sido tan pequeño como esto, ¡nunca!"
「今までこんなに小さくなったのは初めてだよ、絶対に！」
Al decir estas palabras, su pie resbaló
そう言いながら、彼女の足が滑った
¡Y en otro momento hubo un gran chapoteo!
そして次の瞬間、大きな水しぶきが上がりました！
Estaba sumergida en agua salada hasta la barbilla
彼女は顎まで塩水に浸かっていた
Su primera idea fue que de alguna manera había caído al mar
彼女が最初に考えたのは、どういうわけか海に落ちてしまったということでした
Sin embargo, pronto se dio cuenta de en qué estaba metida
しかし、彼女はすぐに自分が何にいるのかに気づきました
Estaba en un charco de lágrimas
彼女は涙を流していました
las lágrimas que había llorado cuando tenía dos metros de altura
身長2メートルの時に流した涙

Justo en ese momento escuchó algo
ちょうどその時、彼女は何かを聞いた
Algo chapoteaba en la piscina
プールで何かが飛び散っていました
El chapoteo venía de un poco más lejos
水しぶきは少し離れたところから来ました
Y se acercó nadando para ver qué era el chapoteo
そして、水しぶきが何であるかを見るために近くまで泳ぎました
Pronto vio que era solo un ratoncito
彼女はすぐにそれがただの小さなネズミであることに気づきました
El ratoncito también se había metido en el agua
小さなネズミも水に滑り込んでしまった
Alicia pensó para sí misma sobre la situación
アリスは、その状況について自分に言い聞かせました
—¿Serviría de algo hablar con este ratón?
「このネズミに話しかけても、何か意味があるのだろうか？」
"Aquí todo está tan al revés"
「ここは何もかもがひっくり返っている」
"Creo que es muy probable que este ratón pueda hablar"
「このネズミは喋れる可能性が非常に高いと思う」
"En cualquier caso, no hay nada de malo en intentarlo"
「いずれにせよ、やってみても害はない」
Así que empezó a tratar de hablar con el ratón
そこで彼女はネズミと話そうと試み始めました
"Oh Ratón, ¿conoces la forma de salir de esta piscina?"
「ああ、ネズミ、このプールから出る方法を知っているか？」
—¡Estoy muy cansado de nadar por aquí, oh ratón!
「ここを泳ぐのはもううんざりだよ、ああ、ネズミ！」
El ratón la miró con curiosidad
ネズミはやや興味津々に彼女を見つめた
El ratón parecía guiñar un ojo con uno de sus ojitos
ネズミは小さな目でウインクしているように見えました

Pero el ratoncito no dijo nada
しかし、小さなネズミは何も言いませんでした
"A lo mejor el ratón no entiende inglés", pensó Alicia
「もしかしたら、ネズミは英語がわからないんじゃない
か」とアリスは思いました
"Me atrevo a decir que es un ratón francés"
「あえて言うならフレンチマウス」
"tal vez este ratón vino con Guillermo el Conquistador"
「もしかしたら、このネズミはウィリアム征服王と一緒
に来たのかもしれない」
Así que empezó de nuevo, en francés
そこで彼女は再びフランス語で始めました
"¿Dónde está mi gato?", preguntó en francés
「私の猫はどこ?」彼女はフランス語で尋ねました
era la primera frase de su libro de clases de francés
それは彼女のフランス語の教科書の最初の文だった
El Ratón dio un súbito salto fuera del agua
ネズミは突然水から飛び出しました
y el ratón pareció temblar de miedo
そして、ネズミは恐怖で全身が震えているように見えま
した
-¡Oh, le ruego que me perdone! -exclamó Alicia
apresuradamente-
「ああ、ごめんなさい!」とアリスは急いで叫びました
Temía haber herido los sentimientos del pobre animal
彼女は自分が哀れな動物の気持ちを傷つけてしまったの
ではないかと恐れていました
"Olvidé que no te gustaban los gatos"
「猫が好きじゃなかったのをすっかり忘れてた」
—¡No me gustan los gatos! —exclamó el ratón con voz
estridente y apasionada—
「猫は好きじゃない!」ネズミは甲高い情熱的な声で叫
びました
—¿Te gustaría tener gatos, si fueras yo?
「もし君が僕だったら、猫が好き?」
Alicia consoló al ratón en un tono tranquilizador

アリスはなだめるような口調でマウスを慰めました
"Bueno, tal vez a mí tampoco me gustarían los gatos si fuera tú"
「まあ、もし僕が君だったら猫は好きじゃないかもしれないけどね」
"Por favor, no te enfades por la mención de los gatos"
「猫の話に怒らないで」
"Y, sin embargo, desearía poder mostrarte a nuestra gata Dinah"
「それでも、私たちの猫ダイナを見せられたらいいのに」
"Si la conocieras, creo que te encapricharías de los gatos"
「もし彼女に会ったら、猫に夢中になると思うよ」
"Si tan solo pudieras verla"
「彼女が見えさえすれば」
"Es una cosa tan querida y tranquila"
「彼女はとても愛おしくて静かな人です」
El ratón temblaba por todas partes
ネズミは全身を震わせていました
Alicia estaba segura de que el ratón debía de estar realmente ofendido
アリスは、ネズミが本当に気分を害しているに違いないと確信しました
"No hablaremos más de ella, si prefieres no hacerlo"
「彼女のことはもう話さないよ、もし君が話したくなければ」
-¡Nosotros, en efecto! -exclamó el Ratón-
「ほんとうに！」とネズミは叫びました
El ratón temblaba hasta la punta de la cola
ネズミは尻尾の先まで震えていました
—¡Como si fuera a hablar de un tema así!
「まるでそんな話をするかのように！」
"Nuestra familia siempre odió a los gatos"
「うちの家族はいつも猫が嫌いだった」
"Gatos; ¡Cosas desagradables, bajas, vulgares!"
「猫；意地悪で、低く、下品なもの！」

"¡No dejes que vuelva a escuchar el nombre!"
「二度と名前を聞かせないで!」
-¡No volveré a hablar de los gatos! -dijo Alicia-
「もう猫の話はしないよ!」とアリスは言いました
Tenía mucha prisa por cambiar de tema
彼女は話題を変えるのにとても急いでいました
"¿Eres tú... ¿Te gustan los perros?
「お前は......あなたは犬が好きですか?」
"Hay un perrito tan simpático cerca de nuestra casa"
「家の近くにこんなに素敵な小さな犬がいるよ」
—¡Me gustaría enseñarte el perrito!
「小さな犬を見せてあげたいんだけど!」
"Este perrito mata a todas las ratas y...
「この小さな犬はすべてのネズミを殺し、そして...
-¡Oh, querida! -exclamó Alicia en tono triste-
「あら、ねえ!」アリスは悲しそうな口調で叫びました
"¡Me temo que te he ofendido de nuevo!"
「また君を怒らせてしまったんじゃないかしら!」
El ratón se alejaba nadando de ella tan rápido como podía
ネズミは全速力で彼女から離れて泳いでいました
y el ratón hizo un gran alboroto en la piscina
そして、ネズミはプールでかなりの騒ぎを起こしました
Así que llamó suavemente al ratón
だから彼女はネズミをそっと呼んだ
"¡Mi querido ratón, por favor vuelve!"
「親愛なるネズミ、戻ってきてください!」
"Y no hablaremos de gatos"
「そして、猫の話はしない」
"Y tampoco tenemos que hablar de perros"
「そして、犬の話をする必要もありません」
Cuando el ratón escuchó esto, se dio la vuelta
ネズミはこれを聞くと、振り返りました
Y el ratoncito nadó lentamente de regreso a ella
そして、小さなネズミはゆっくりと彼女のところまで泳
いで戻ってきました
La cara del ratón estaba bastante pálida

ネズミの顔はかなり青白かった
Y el ratón habló, en voz baja y temblorosa
そしてネズミは低く震える声で話しました
"Vamos a la orilla"
「岸に行こう」
"y luego te contaré mi historia"
「それから、私の歴史を話します」
"y entenderás por qué odio a los gatos y a los perros"
「そして、私が猫や犬が嫌いな理由がわかるでしょう」
Ya era hora de partir
そろそろ行く時が来ました
porque la piscina se estaba llenando bastante
プールがかなり混雑していたからです
Otros pájaros y animales habían caído en el estanque
他の鳥や動物はプールに落ちていました
había un pato y un dodo
アヒルとドードーがいました
y había un pájaro lori y un aguilucho
そして、ロリーバードとイーグレットがいました
Y había varias otras criaturas de aspecto interesante
そして、他にもいくつかの興味深い生き物がいました
Alicia abrió el camino para salir de la piscina
アリスはプールから出る道を先導しました
Y todo el grupo de animales nadó hasta la orilla
そして、動物の一団は皆、岸まで泳ぎました

Una carrera de caucus y una larga cola
党員集会とロングテール
De hecho, eran un grupo de animales de aspecto gracioso
彼らは確かに面白そうな動物の集まりでした
Y todos se reunieron a la orilla del agua
そして、彼らは皆、水辺に集まりました
Todos los pájaros tenían las plumas desaliñadas
鳥たちは皆、羽毛が生えていました
y los animales peludos estaban empapados
そして、毛むくじゃらの動物たちはびしょ濡れになって
いました
y todos estaban empapados, molestos e incómodos
そして、全員が滴り落ち、濡れ、イライラし、不快でし
た

Había una pregunta que había que responder primero
最初に答えなければならない質問が1つありました
¿Cuál es la mejor manera de que todos se sequen?
誰もが乾くための最良の方法は何ですか?

Tuvieron una consulta sobre este asunto
彼らはこの件について相談しました
Pronto todos se sintieron en términos familiares
すぐに彼らは皆、馴染み深い関係になりました
Era como si los conociera de toda la vida
それはまるで彼女が生涯を通じて彼らを知っていたかの
ようでした
El ratón parecía ser una persona de cierta autoridad
ネズミは何か権威のある人のようでした
"¡Siéntense todos y escúchenme!
「皆さん、座って、私の言うことを聞いてください!
"¡Pronto los volveré a secar!"
「すぐにみんなを乾かしてあげるよ!」
Se sentaron todos a la vez, en un gran círculo
彼らは皆、大きな輪になって一斉に座りました
y el ratoncito se sentó en el medio
そして、小さなネズミは真ん中に座っていました
—¡Ejem! —dijo el ratón con aire importante—
「えへん!」ネズミは意味深な雰囲気で言いました
"¿Están todos listos?"
「準備はいいですか?」
"Esto es lo más seco que conozco"
「これは私が知っている中で最も乾燥しているものです
」
—¡Silencio por todas partes, por favor!
「もしよろしければ、周りを静かにしてください!」
"Guillermo el Conquistador fue favorecido por el Papa"
「ウィリアム征服王は教皇に好まれた」
"pero pronto fue sometido por los ingleses"
「しかし、彼はすぐにイギリス人に服従した」
"Últimamente querían líderes"
「彼らは最近、リーダーを求めていた」
"Y se habían acostumbrado al poder y a la conquista"
「そして、彼らは権力と征服に慣れていた」
"Edwin y Morcar, los condes de Mercia y Northumbria"
「エドウィンとモルカー、マーシア伯爵とノーサンブリ

ア伯爵」

—¡Uf! —exclamó el pájaro lori con un escalofrío—
「うわっ!」とロリ鳥は震えながら言いました

"e incluso Stigand, el patriota arzobispo de Canterbury"
「そして、愛国的なカンタベリー大司教のスティガンド
でさえ」

"A él también le pareció aconsejable"
「彼もそれが賢明だと思った」

-¿Qué le pareció aconsejable? -dijo el pato-
「彼は何を賢明だと思ったの?」とアヒルは言いました

—Le pareció aconsejable —replicó el ratón con cierto
enfado—
「彼はそれが賢明だと思った」とネズミはやや横柄に答
えた

Pero el pato no estaba satisfecho
しかし、アヒルは満足しませんでした

"Por supuesto, ya sabes lo que significa"
「もちろん、あなたは『それ』が何を意味するか知って
います」

—Sé lo que es cuando encuentro una cosa —dijo el pato—
「何かを見つけたときの『それ』が何であるかはわかっ
ているよ」とアヒルは言いました

"Generalmente es una rana o un gusano"
「それは一般的にカエルかミミズです」

"La pregunta es, ¿qué encontró el arzobispo?"
「問題は、大司教が何を見つけたのかということです」

El ratón no se dio cuenta de esta pregunta
マウスはこの質問に気づきませんでした

En cambio, el ratón continuó apresuradamente con el
discurso
それどころか、ネズミは急いでスピーチを続けました

"le pareció aconsejable ir con Edgar Atheling"
「彼はエドガー・アセリングを選ぶのが賢明だと思った
」

"para encontrarme con Guillermo y ofrecerle la corona"
「ウィリアムに会い、彼に王冠を差し出すために」

el ratón continuó, volviéndose hacia Alicia mientras hablaba
ネズミは続け、話しながらアリスに向き直りました
—¿Cómo te va ahora, querida?
「今はどうですか、お母さん?」
—Tan mojado como siempre —dijo Alicia en tono melancólico—
「相変わらず濡れてるわ」とアリスは憂鬱な口調で言いました
"Esta historia no parece que me seque en absoluto"
「この話は私をまったく乾かしていないようです」
—En ese caso —dijo solemnemente el dodo, poniéndose en pie—
「それなら」ドードーは厳粛に言い、立ち上がりました
"Voto que se levante la sesión"
「私は会議を延期することに投票します」
"y propongo la adopción inmediata de remedios más enérgicos"
「そして、私はより精力的な治療法を直ちに採用することを提案します」
—¡Di palabras de verdad! —dijo el aguilucho—
「本当の言葉を話せ!」とワシは言いました
"No conozco el significado de la mitad de esas palabras largas"
「あの長い言葉の半分の意味がわからない」
—¡Y, lo que es más, tampoco creo que tú lo sepas!
「それに、君も知らないと思うよ!」
—Lo que iba a decir —dijo el dodo en tono ofendido—
「何を言おうと思っていたんだ」とドードーは気分を害した口調で言いました
"Lo mejor para deshacernos sería una contienda electoral"
「私たちを乾かすのに最適なのは、党員集会です」
—¿Qué es una contienda electoral? —preguntó Alicia
「党員集会って何?」とアリスは言った

—Bueno —dijo el dodo—, la mejor manera de explicarlo es hacerlo.

「まあ」とドードーは言いました、「それを説明する最良の方法は、それをやることです。」

"Primero el dodo trazó un hipódromo"

「まず、ドードーが競馬場をマークした」

"La pista estaba en una especie de círculo"

「トラックは一種の円の中にありました」

"Y luego todo el grupo se colocó a lo largo del recorrido"

「そして、すべてのパーティーがコースに沿って配置されました」

No hubo "¡Uno, dos, tres y fuera!"

「ワン、ツー、スリー、アウェイ!」などありませんでした。

pero empezaron a correr cuando quisieron

しかし、彼らは好きなときに走り始めました

Y también terminaban cuando querían

そして、彼らはまた、彼らが好きなときに終了しました

Así que no era fácil saber cuándo había terminado la carrera

そのため、レースがいつ終わったのかを知るのは簡単で

はありませんでした
Después de media hora más o menos de correr, todos
estaban bastante secos
30分ほど走った後、彼らはすべてかなり乾いていました
el dodo gritó de repente: "¡La carrera ha terminado!"
ドードーは突然「レースは終わった!」と叫びました。
Y todos se agolparon alrededor del dodo
そして、彼らは皆、ドードーの周りに群がりました
Todos los animales jadeaban y resoplaban
すべての動物が息を切らしていました
y todos querían saber: "¿Pero quién ha ganado?"
そして、彼らは皆、「しかし、誰が勝ったのか」を知り
たがっていました。
El dodo no pudo responder de inmediato a esta pregunta
この質問にドードーはすぐには答えられなかった
Primero tuvo que pensar mucho
まず、彼は多くのことを考えなければなりませんでした
Después de pensarlo mucho, el Dodo finalmente habló
いろいろ考えた末、ついにドードーが口を開いた
"Todos han ganado y todos deben tener premios"
「全員が勝った、そして全員が賞品を持っている必要が
あります」
"¿Pero quién va a dar los premios?", preguntó un coro de
voces
「でも、誰が賞品をあげるんだ?」と声の合唱が尋ねた
—Bueno, ella, por supuesto —dijo el dodo—
「まあ、もちろん、彼女だよ」とドードーは言った
y el dodo señaló con un dedo a Alicia
そしてドードーは一本の指でアリスを指しました
y todo el grupo de animales se agolpó a su alrededor
そして、動物たちの一団全体が彼女の周りに群がってい
ました
gritaron, de manera confusa: "¡Premios! ¡Premios!"
彼らは混乱した様子で、「賞品だ!賞品!」
Alicia no tenía ni idea de qué hacer
アリスは何をすべきかわかりませんでした

Desesperada, se metió la mano en el bolsillo
絶望して彼女はポケットに手を入れた
Y sacó una caja de dulces
そして、お菓子の箱を取り出した
Por suerte, el agua salada no había entrado en la caja
幸いなことに、塩水は箱に入っていませんでした
Y repartió los dulces como premios
そして、お菓子を賞品として渡しました
Había exactamente una pieza para todos
みんなにぴったりのピースがありました
Lo siguiente que tenían que hacer era comer los dulces
次にやらなければならなかったのは、お菓子を食べることでした
Esto causó algo de ruido y confusión
これにより、ノイズと混乱が発生しました
Los grandes pájaros se quejaban de que no podían saborear sus dulces
大きな鳥たちは、自分たちのお菓子が味わえないと文句を言いました
Los pequeños se ahogaron y hubo que darles palmaditas en la espalda
小さいものは窒息し、背中を軽くたたいなければなりませんでした
Sin embargo, al fin se acabó
しかし、ついに終わってしまいました
y se sentaron de nuevo en un anillo
そして、彼らは再び輪になって座りました
Y le rogaron al ratón que les dijera algo más
そして、彼らはネズミにもっと何か教えてくれるように頼みました
—Prometiste contarme tu historia, ¿sabes? —dijo Alicia—
「君の歴史を教えると約束したでしょ」とアリスは言った
E hizo otro pequeño comentario sobre los gatos en un susurro
そして、彼女はささやき声で猫について別の小さな発言

をしました
No quería volver a ofender al ratón
彼女は再びネズミを怒らせたくなかった
el ratoncito se volvió hacia Alicia y suspiró
小さなネズミはアリスに向き直り、ため息をついた
—¡La mía es una larga y triste historia!
「私の話は長くて悲しい話です!」
—Es una cola larga, sin duda —dijo Alicia—
「確かに、長い尻尾だね」とアリスは言いました
Y miró con asombro la cola del ratón
そして、彼女は不思議そうにネズミの尻尾を見下ろしました
—¿Pero por qué le llamas cola triste?
「でも、なんでそれを悲しい尻尾と呼ぶの?」
Y ella seguía desconcertada al respecto mientras el ratón hablaba
そして、ネズミが話している間、彼女はそれについて困惑し続けました
de modo que su idea del cuento era más o menos así
だから、彼女の物語のアイデアはこんな感じだった

<pre>
        "Fury said to
       a mouse, That
         he met in the
           house, 'Let
             us both go
               to law: I
               will prosecute
             you.—
               Come, I'll
             take no denial:
           We must have
         the trial;
         For really
       this morning
     I've
   nothing
   to do.'
       Said the
         mouse to
           the cur,
             'Such a
               trial, dear
                 sir, With
                   no jury
                   or judge,
                   would
                   be wasting
                     our
                   breath.'
                 'I'll be
               judge,
             I'll be
           jury,'
         said
       cunning
       old
         Fury;
           'I'll
             try
               the
                 whole
                 cause,
                 and
                 condemn
               you to
           death.'"
</pre>

Furia le dijo a un ratón: "Que se encontró en la casa"
フューリーはネズミに言った、彼は家で会ったと」
Vayamos los dos a la ley: yo te procesaré
私たち二人が法律に訴えましょう：私はあなたを起訴します
Vamos, no aceptaré ninguna negación: debemos tener el juicio
さあ、私は否定しません：私たちは裁判を受けなければなりません
Porque realmente esta mañana no tengo nada que hacer
本当に今朝は何もすることがないんだ
Dijo el ratón al cur;
ネズミは呪いに言った。
Un juicio así, querido señor, sin jurado ni juez, sería una pérdida de aliento
そのような裁判は、親愛なる旦那様、陪審員も裁判官もいない状態で、私たちの息を無駄にするでしょう
—Seré juez, seré jurado —dijo el astuto viejo Fury—
"私は裁判官になる、私は陪審員になるだろう"と狡猾な古いフューリーは言った
Juzgaré toda la causa y te condenaré a muerte
私はすべての原因を試し、あなたを死に追いやる
el ratón le habló severamente a Alicia
ネズミはアリスに厳しく話しかけました
"¡No estás prestando atención!"
「あなたは注意を払っていません！」
—¿En qué estás pensando?
「何を考えてるの？」
—Le ruego que me perdone —dijo Alicia muy humildemente—
「ご容赦ください」とアリスはとても謙虚に言いました
—¿Habías llegado a la quinta curva, creo?
「5番目の曲がり角にたどり着いたんじゃないかな？」
"¡Me insultas diciendo tales tonterías!"
「そんな馬鹿げたことを言って、私を侮辱する！」
Y el ratón se levantó y se alejó

そして、ネズミは立ち上がって立ち去りました
Alicia llamó al ratoncito
アリスは小さなネズミを呼んだ
"¡Por favor, regresa y termina tu historia!"
「戻ってきて、あなたの話を終わらせてください!」
Y todos los demás se unieron a coro
そして、他のメンバーも全員合唱に参加した
"¡Sí, por favor, termine su historia!"
「はい、どうかあなたの話を終わらせてください!」
Pero el ratón se limitó a negar con la cabeza con impaciencia
しかし、ネズミは苛立たしげに首を振るだけだった
Y el ratoncito caminó un poco más rápido
そして、小さなネズミは少し速く歩きました
—¡Ojalá tuviera aquí a Dinah, nuestra gata! —dijo Alicia—
「ここに猫のダイナがいたらいいのに!」とアリスは言
いました
Esto causó una notable sensación entre el grupo
これは、党の間で顕著なセンセーションを引き起こしま
した
Algunos de los pájaros se apresuraron a huir de inmediato
何羽かの鳥が一気に急いで去っていきました
y un canario gritó con voz temblorosa a sus hijos;
そして、カナリアが震える声で子供たちに呼びかけまし
た。
—¡Váyanse, queridos míos!
「さあ、さあ、私の愛する人たち!」
"¡Ya es hora de que estén todos en la cama!"
「そろそろみんなベッドに入る時間だよ!」
Con varias excusas se fueron todos
さまざまな言い訳をして、彼らは皆去っていきました
y Alicia no tardó en quedarse sola
そしてアリスはすぐに一人残されました
—¡Ojalá no hubiera mencionado a Dinah!
「ダイナのことを言わなければよかった!」
"Parece que a nadie le gusta aquí abajo"
「ここでは誰も彼女を好きじゃないみたいだ」

—¡Pero estoy seguro de que es la mejor gata del mundo!
「でも、きっと世界一の猫だよ!」
La pobre Alicia se echó a llorar de nuevo
かわいそうなアリスはまた泣き始めました
porque se sentía muy sola y desanimada
彼女はとても孤独で元気がないと感じていたからです
Al cabo de un rato, sin embargo, volvió a oír algo
しかし、しばらくすると、彼女は再び何かを聞いた
un pequeño golpeteo de pasos a lo lejos
遠くで小さな足音がパタパタと音を立てる
Y ella miró hacia arriba ansiosamente
そして彼女は熱心に顔を上げました

El conejo manda al pequeño Sr. Bill
ウサギは小さなビル氏を送り込みます

Era el conejo blanco, que volvía trotando lentamente
それは白ウサギで、再びゆっくりと小走りで戻ってきました

Miraba a su alrededor ansiosamente mientras se alejaba
彼は心配そうに辺りを見回していた

Parecía como si hubiera perdido algo
彼は何かを失ったかのように見えた

Alicia le oyó murmurar para sí misma
アリスは彼が独り言をつぶやくのを聞いた

—¡La duquesa! ¡La duquesa! ¡Oh, mis queridas patas!
「公爵夫人！公爵夫人！ああ、私の愛する足！」

—¡Oh, mi pelo y mis bigotes!
「ああ、私の毛皮とひげ！」

"Ella hará que me ejecuten, estoy seguro de eso"
「彼女は私を処刑するだろう、それは確かだ」

—¡Tan cierto como que los hurones son hurones!
「フェレットがフェレットであるのと同じくらい確実です！」

"¿Dónde puedo haber dejado mis cosas, me pregunto?"
「どこに物を落としたんだろう?」
Alicia adivinó en un momento lo que estaba buscando
アリスは彼が探しているものをすぐに推測しました
Buscaba el abanico de plumas
彼は羽根の扇子を探していました
Y buscaba el par de guantes blancos
そして、彼は白い手袋を探していました
Así que ella, muy bondadosamente, comenzó a buscar los guantes
それで、彼女はとても気さくに手袋を探し始めました
Y también buscó el abanico de plumas
そして、彼女は羽根の扇子も探しました
Pero los guantes y el abanico de plumas no se veían por ninguna parte
しかし、手袋と羽根扇子はどこにも見当たりませんでした
Todo parecía haber cambiado desde que se bañó en la piscina
彼女がプールで泳いで以来、すべてが変わったように見えました
Nada era igual desde que estaba en el Gran Salón
彼女が大広間にいたときから、何も変わらなかった
y la mesa de cristal había desaparecido
そしてガラスのテーブルは消えていました
Y la puertecita tampoco estaba allí
そして、小さなドアもそこにはありませんでした
Muy pronto el conejo se fijó en Alicia
すぐにウサギはアリスに気づきました
—la llamó en tono airado
彼は怒った口調で彼女に呼びかけた
—Mary Ann, ¿qué haces aquí?
「メアリー・アン、ここで何をしているの?」
"Corre a casa en este momento"
「この瞬間に家に帰って」
—¡Y tráeme un par de guantes y un abanico de plumas!

「それから、手袋と羽根扇子を持ってきて!」
—¡Y date prisa!
「そして、早くやれ!」
Alicia se habló a sí misma mientras salía corriendo
アリスは走り去りながら独り言を言いました
—¡Debe de haberme confundido con su criada!
「彼は私を彼のメイドと間違えたに違いない!」
"¡Qué sorpresa se quedará cuando se entere de quién soy!"
「彼が私が誰であるかを知ったら、彼はどれほど驚くでしょう!」
Al decir esto, se encontró con una casita pulcra
そう言っていると、きれいな小さな家に出くわしました
En la puerta de la casa había una placa de bronce brillante
家のドアには明るい真鍮の皿がありました
"W. CONEJO"
「W. ラビット」
Entró sin llamar a la puerta
彼女はドアをノックせずに中に入った
Y se apresuró a subir las escaleras
そして彼女はまっすぐ二階に急いだ
le preocupaba conocer a la verdadera Mary Ann
彼女は本当のメアリー・アンに会えるかもしれないと心配していました
porque entonces la echarían de la casa
なぜなら、そうすれば彼女は家から追い出されるからです
Y no sería capaz de encontrar el abanico de plumas y los guantes
そして、彼女は羽根の扇子と手袋を見つけることができません
Alicia había encontrado el camino hacia una pequeña habitación ordenada
アリスは整頓された小さな部屋にたどり着きました
En la habitación había una mesa junto a la ventana
部屋には窓際のテーブルがありました
y sobre la mesa había un abanico de plumas

そしてテーブルの上には羽根扇子がありました
Y había dos o tres pares de diminutos guantes blancos
そして、小さな白い手袋が二、三組ありました
Cogió el abanico de plumas y un par de guantes
彼女は羽根扇子と手袋を拾い上げた
Y estaba a punto de salir de la habitación
そして、彼女はちょうど部屋を出ようとしていました
Pero entonces sus ojos se posaron en una botellita
しかし、その時、彼女の目は小さな瓶に落ちました
Descorchó la botella y se la llevó a los labios
彼女はボトルの栓を抜いて唇に当てました
"Espero que me haga crecer de nuevo"
「それがまた私を大きくしてくれることを願っています
」
"¡Estoy cansada de ser una cosita tan pequeña!"
「こんなにちっぽけなものにうんざりだ！」
Alicia apenas se había bebido la mitad de la botella
アリスはボトルの半分をほとんど飲んでいませんでした
Su cabeza ya estaba presionada contra el techo
彼女の頭はすでに天井に押し付けられていた
Y tuvo que agacharse
そして彼女は身をかがめなければなりませんでした
para salvar su cuello de ser roto
彼女の首が折れるのを防ぐために
Dejó apresuradamente la botella
彼女は急いでボトルを置いた
"Con eso basta"
「もう十分だ」
"Espero no crecer más"
「もう成長しないといいなぁ」
¡Ay! ¡Era demasiado tarde para desearlo!
あああ！それを望むには遅すぎました！
Ella siguió creciendo y creciendo
彼女は成長し続けました
y muy pronto tuvo que arrodillarse en el suelo
そしてすぐに彼女は床にひざまずかなければなりません

でした
Y aun así siguió creciendo
そして、それでも彼女は成長し続けました
Como último recurso, sacó un brazo por la ventana
最後の手段として、彼女は片腕を窓から出した
Y metió un pie por la chimenea
そして、片足を煙突に上げました
"Ahora no puedo hacer más, pase lo que pase"
「もうこれ以上は何もできない、何が起ころうとも」
—¿Qué será de mí?
「私はどうなるの?」

Alicia tuvo un poco de suerte
アリスは運が良かった
La pequeña botella mágica había tenido todo su efecto
小さな魔法の瓶は、その完全な効果を発揮していた
y Alicia no creció más de lo que era
そしてアリスは彼女よりも長きくはなりませんでした
Al cabo de unos minutos oyó una voz en el venterior
数分後、彼女は外で声を聞いた
Y se detuvo a escuchar la voz

そして彼女は立ち止まって声に耳を傾けた
—¡María Ana! ¡Mary Ann! -dijo la voz-
「メアリー・アン!メアリー・アン!」と声が言った
"¡Tráeme mis guantes en este momento!"
「今すぐ手袋を持ってきて!」
Luego se oyó un pequeño golpeteo de pies en la escalera
その時、階段で足が少しパタパタと音を立てる音がした
Alicia supo que era el conejo que venía a buscarla
アリスは、ウサギが自分を探しに来ているのだと知って
いました
Y tembló hasta hacer temblar la casa
そして彼女は家を揺さぶるまで震えました
Se olvidó por completo de sus proporciones
彼女は自分のプロポーションが何だったかをすっかり忘
れていました
Era mil veces más grande que el conejo
彼女はウサギの千倍も大きかった
Y no tenía por qué temer a un conejo
そして、ウサギを恐れる理由はありませんでした
De pronto, el conejo se acercó a la puerta
やがてウサギが戸口にやって来ました
Y el conejito trató de abrir la puerta
そして小さなウサギはドアを開けようとしました
La puerta comenzó a abrirse hacia adentro
ドアが内側に開き始めました
pero el codo de Alicia estaba apretado con fuerza contra la
puerta
でもアリスの肘はドアに強く押し付けられていました
Ese intento resultó un fracaso
その試みは失敗を証明しました
Alicia oyó que el conejo se hablaba a sí mismo
アリスはウサギが独り言を言うのを聞いた
"Entonces daré la vuelta y entraré por la ventana"
「じゃあ、窓から入るよ」
«¡Que no lo harás!», pensó Alicia
「そんなことないよ!」とアリスは思いました

Y volvió a esperar un poco
そして彼女は再び少し待った
Pronto oyó al conejo justo debajo de la ventana
すぐに彼女は窓のすぐ下でウサギの声を聞いた
De repente extendió la mano
彼女は突然手を広げた
Y ella hizo un arrebato en el aire
そして彼女は空中でひったくりをしました
No se apoderó de nada
彼女は何も持っていませんでした
Pero oyó un pequeño alarido y una caída
しかし、彼女は小さな悲鳴と転倒を聞いた
Y oyó el estrépito de cristales rotos
そして、ガラスが割れる音が聞こえた
Tal vez el conejo se había caído
もしかしたらウサギが落ちてしまったのかもしれない
Tal vez estaba en un invernadero
もしかしたら、彼は温室にいたのかもしれません
Luego se oyó una voz airada; La voz del conejo
次に怒った声が聞こえました。ウサギの声
"Pat, ¿dónde estás?"
「パット、どこにいるの?」
Y entonces llegó una voz que nunca antes había oído
そして、今まで聞いたことのない声が聞こえてきた
"¡Su señoría, estoy aquí!"
「閣下、私はここにいます!」
"Estoy cavando en busca de manzanas"
「りんごを掘ってる」
"¡Aquí! ¡Ven y ayúdame a salir de esto!"
「ここだ!助けに来て!」
—Ahora dime, Pat, ¿qué es eso que hay en la ventana?
「さあ、パット、窓に何があるの?」
"Claro, su señoría, se lo diré"
「もちろんです、あなたの名誉のために、私はあなたに
言います」
"¡Es un brazo que está en la ventana!"

「窓にぶつかった腕だよ！」
"Bueno, un brazo no tiene nada que hacer allí"
「まあ、腕には関係ない」
"¡Ve y quítate el brazo!"
「行って腕を離しろ！」
Hubo un largo silencio después de esto
この後、長い沈黙が流れました
y Alicia sólo podía oír susurros de vez en cuando
そしてアリスは時々ささやくことしか聞こえませんでした
Y, por fin, volvió a extender la mano
そしてついに彼女は再び手を広げました
Y ella hizo otro arrebato en el aire
そして彼女は空中で別のひったくりをしました
Esta vez hubo dos pequeños chillidos
今度は小さな叫び声が二つありました
y se escucharon más sonidos de vidrios rotos
そして、ガラスが割れる音も増えました
«¡Me pregunto qué harán ahora!», pensó Alicia
「次は何をするんだろうね！」とアリスは思いました
"Ojalá me sacaran por la ventana"
「窓から引っ張り出してくれたらいいのに」
Esperó un buen rato
彼女はしばらく待った
Pero durante un rato no oyó nada más
しかし、しばらくの間、彼女はそれ以上何も聞いていなかった
Por fin se oyó el estruendo de unas ruedas
とうとう小さな車輪の音が鳴り響きました
Y se oyó el sonido de muchas voces
すると、たくさんの声が聞こえてきました
Todas las voces hablaban al unísono
すべての声が一緒に話していた
Pudo distinguir algunas de las palabras
彼女はいくつかの単語を聞き取ることができた
—¿Dónde está la otra escalera?

「もうひとつのはしごはどこだ?」
"Bill tiene la otra escalera"
「ビルはもうひとつのはしごを持ってる」
"¡Bill, ven aquí!"
「ビル、こっちに来て!」
—¿Soportará el techo la carga?
「屋根は荷物に耐えられるの?」
—¿Quién quiere bajar por la chimenea?
「誰が煙突を降りたいの?」
—¡No, no lo haré! ¡Tú lo haces!"
「いや、そんなことはしないよ!やるぞ!」
—¡Aquí, Bill!
「ほら、ビル!」
"¡El maestro dice que tienes que bajar por la chimenea!"
「ご主人様が煙突を降りろって言ってるよ!」
Alicia arrastró el pie por la chimenea todo lo que pudo
アリスは足をできるだけ煙突の下に引きました
Y luego esperó a ver lo que venía
そして、何が来るのかを待っていました
Escuchó a un animalito arañar y revolver
彼女は小さな動物が引っ掻き、慌てる音を聞いた
El animalito debe estar en la chimenea
小動物は煙突の中にいるに違いない
Luego dio una fuerte patada
それから彼女は鋭いキックを1回与えました
Y esperó a ver qué pasaría después
そして、次に何が起こるのかを待っていました
Oyó un coro general de voces
彼女は声の大合唱を聞いた
"¡Ahí va Bill!", dijeron todos
「ビル、行くぞ!」と全員が言った
Entonces oyó solo la voz del conejo
それから彼女はウサギの声だけを聞いた
"¡Tú por el seto, atrápalo!"
「生け垣のそばで、彼を捕まえろ!」
Hubo otro momento de silencio

また一瞬の沈黙が訪れた
Y entonces hubo otra confusión de voces
そして、また声が混乱しました
"Levanta la cabeza, Brandy"
「彼の頭を上げて、ブランディ」
"Ten cuidado de no asfixiarlo"
「首を絞めないように気をつけて」
—¿Qué te pasó?
「君に何があったの?」
Por último, llegó una vocecita débil y chillona
最後に少し弱々しい、きしむ声が聞こえた
"Bueno, ya casi no sé"
「まあ、もうほとんどわからない」
"Gracias a todos, ahora estoy mejor"
「みんなありがとう、今は良くなった」
"Hay una cosa que puedo recordar"
「覚えていることが1つある」
"Algo viene hacia mí como un tren en un túnel"
「トンネルの中の列車のように何かが私に襲いかかる」
"¡Y vuelo hacia arriba como un cohete!"
「そして、私はロケットのように飛ぶ!」
Hubo uno o dos minutos de silencio
一分か二分の沈黙が続いた
Y entonces empezaron a moverse de nuevo
そして、彼らは再び動き始めました
y Alicia oyó hablar de nuevo al Conejo
そしてアリスはウサギが再び話すのを聞きました
"Un túmulo servirá, para empezar"
「そもそも、バローフルでいい」
«¿Un túmulo lleno de qué?», pensó Alicia
「手押し車一杯なの?」とアリスは思いました
Pero no la mantuvieron en suspenso por mucho tiempo
しかし、彼女は長くは不安に陥りませんでした
Una lluvia de guijarros entró por la ventana
小さな小石のシャワーが窓から入ってきました
Y algunas de las piedrecitas le golpearon en la cara

そして、小さな小石の一部が彼女の顔に当たった
Alicia se sorprendió por los guijarros
アリスは小さな小石に驚いた
Todos los guijarros se estaban convirtiendo en pasteles
小さな小石はすべてケーキに変わっていました
Y una idea brillante se le ocurrió
そして、彼女の頭に良いアイデアが浮かびました
"Debería comerme uno de estos pasteles"
「このケーキを一つ食べよう」
"El pastel seguramente hará algún cambio en mi tamaño"
「ケーキはきっと私のサイズに何か変更を加えます」
Así que se tragó uno de los pasteles
それで彼女はケーキの一つを飲み込みました
Y se alegró al descubrir que empezaba a encogerse
そして、彼女は自分が縮み始めたことを知って喜んでいました
Pronto fue lo suficientemente pequeña como para pasar por la puerta
すぐに彼女はドアを通り抜けられるほど小さくなりました
Salió corriendo de la casa
彼女は家を飛び出しました
Una multitud de animalitos y pájaros esperaban afuera
外では小動物や鳥の群れが待っていました
todos los pajaritos y animales se abalanzaron sobre Alicia
すべての小鳥や動物がアリスに殺到しました
Pero ella huyó lo más rápido que pudo
しかし、彼女は全速力で走り去った
Y pronto se encontró a salvo en un espeso bosque
そしてすぐに、彼女は深い森の中で安全であることに気づきました
Alicia vagaba por el bosque
アリスは森の中をさまよった
Y pensó para sí misma:
そして彼女は心の中で考えました。
"Sé lo que tengo que hacer primero"

「まず何をすべきかはわかっている」
"Primero tengo que volver a crecer hasta el tamaño adecuado"
「まず、再び適切なサイズに成長しなければならない」
"Y luego tengo que encontrar mi camino hacia ese hermoso jardín"
「そして、あの美しい庭への道を見つけなければならない」
"Supongo que debería comer o beber una cosa u otra"
「何か食べたり飲んだりすべきだと思う」
"Pero la pregunta es ¿qué debo comer o beber?"
「しかし、問題は、何を食べたり飲んだりすべきかということです。」
Alicia miró a su alrededor las flores
アリスは周りの花を見回しました
Y miró a través de las briznas de hierba
そして彼女は草の葉を通して見ました
pero no podía ver nada de comer ni de beber
しかし、彼女は食べたり飲んだりするものを見つけることができませんでした
Nada parecía ser lo adecuado para comer o beber
食べたり飲んだりするのに適切なもののようには見えませんでした
Había un gran hongo creciendo cerca de ella
彼女の近くには大きなキノコが生えていました
el hongo tenía aproximadamente la misma altura que Alicia
キノコはアリスと同じくらいの高さでした
Se estiró de puntillas
彼女はつま先立ちで体を伸ばした
Y se asomó por el borde del hongo
そして彼女はキノコの端から覗きました
Sus ojos se encontraron inmediatamente con los ojos de una gran oruga azul
彼女の目はすぐに大きな青い毛虫の目と合った
La oruga estaba sentada en la parte superior del hongo
毛虫はキノコの上に座っていました

y la oruga se había cruzado de brazos
そして、毛虫は彼のすべての腕を交差させていました
Y estaba fumando tranquilamente una larga cachimba
そして彼は静かに長い水タバコを吸っていました
y no hizo la menor atención a nada
そして、彼は何にも気にも留めませんでした
y ciertamente no le prestó atención a Alicia
そして彼は確かにアリスに注意を払っていませんでした

Consejos de una oruga
キャタピラからのアドバイス

Por fin, la oruga se quitó la pipa de la boca
とうとう毛虫は水タバコを口から取り出しました
y se dirigió a Alicia con voz lánguida y soñolienta
そして、物憂げで眠そうな声でアリスに話しかけました
—¿Quién eres? —preguntó la oruga
「お前は誰だ?」と毛虫は言いました

Alicia respondió, con cierta timidez: "No lo sé, señor"
アリスは、やや恥ずかしそうに、「ほとんどわかりません」と答えました。
"Justo en este momento está todo un poco..."
「今のところ、それはすべて少し...」
"Sé quién era cuando me levanté esta mañana"
「今朝起きたときの自分が誰だったか知っています」
"pero creo que debo haber cambiado varias veces desde entonces"
「でも、あれから何回か変わったんじゃないかな」
—¿Qué quieres decir con eso? —dijo la oruga—
「それはどういう意味ですか?」と毛虫は言いました

Con severidad, la oruga le pidió que se explicara
キャタピラは厳しく彼女に説明を求めました
—Me temo que no puedo explicarme, señor —dijo Alicia—
「自分では説明できないの、怖いの」とアリスは言いました
"porque no soy yo mismo"
「だって僕は僕じゃないから」
"Verás, tener tantos tamaños diferentes en un día es muy confuso"
「ほら、一日にたくさんの異なるサイズがあると、とても混乱します」
Se incorporó y dijo muy gravemente:
彼女は立ち上がり、非常に重々しく言いました。
"Creo que primero deberías decirme quién eres"
「まず、自分が何者なのか教えるべきだと思う」
"¿Por qué?", dijo la oruga
「どうして?」と毛虫は言いました
Alicia no se le ocurría ninguna buena razón
アリスは正当な理由を思いつくことができませんでした
Y la oruga parecía estar en un estado de ánimo muy desagradable
そして、毛虫は非常に不快な精神状態にあるように見えました
Así que se dio la vuelta
だから彼女は背を向けた
"¡Vuelve!", la oruga la llamó
「戻ってこい!」毛虫が彼女を呼びました
"¡Tengo algo importante que decir!"
「大事なことがあるんだ!」
Alicia se dio la vuelta y volvió otra vez
アリスは振り返って、また戻ってきた
—Mantén la calma —dijo la oruga—
「気を抜かないように」と毛虫は言いました
-¿Eso es todo? -preguntó Alicia
「それだけ?」とアリスは言った
Y se tragó su rabia lo mejor que pudo

そして彼女はできる限り怒りを飲み込んだ
—No —dijo la oruga—
「いや」と毛虫は言いました
La oruga desplegó sus brazos
キャタピラは腕を広げた
Y volvió a sacarse la pipa de la boca
そして彼は再び水タバコを口から取り出しました
y él dijo: "Así que Ud. piensa que Ud. ha cambiado, ¿verdad?"
そして彼は言いました、「それで、君は自分が変わったと思っているのか?」
—Me temo, he cambiado, señor —dijo Alicia—
「怖いわ、変わってしまったの」とアリスは言いました
"No puedo recordar las cosas como solía recordarlas"
「昔覚えていたことを覚えられなくて」
"¡Y no me quedo del mismo tamaño por más de diez minutos!"
「それに、同じサイズで10分以上もいられないんだよ！」
"¿Qué tamaño quieres tener?", preguntó la oruga
「どのくらいのサイズになりたいの?」と毛虫は尋ねました
—Oh, no me importa especialmente el tamaño que tenga —respondió Alicia apresuradamente—
「ああ、僕がどんなサイズでもいいんだよ」とアリスは急いで答えた
"Simplemente no me gusta cambiar de tamaño tan a menudo, ya sabes"
「サイズを頻繁に変えるのは好きじゃないんだよ」
"Me gustaría ser un poco más grande, señor"
「もう少し大きくなりたいのですが、先生」
—Si no te importa —añadió Alicia—
「もしよろしければ」とアリスは付け加えました
"Diez centímetros es una altura tan miserable para ser"
「10センチというのは、とても悲惨な高さです」
-¡Es una altura muy buena! -exclamó la oruga con rabia-

「なかなかいい高さだね!」と毛虫は怒って言いました
Y se irguió mientras hablaba
そして彼は話しながら直立しました
Medía exactamente diez centímetros de alto
彼の身長はちょうど10センチでした
En uno o dos minutos, la oruga bajó del hongo
1分か2分で、毛虫はキノコから降りました
Y se arrastró por la hierba
そして彼は草むらに這い去った
Al alejarse, hizo algunas pequeñas observaciones
彼が去るとき、彼はいくつかの小さな発言をしました
"Un lado te hará crecer más alto"
「片面が背を伸ばす」
"Y el otro lado te hará acortar"
「そして、その向こう側はあなたを背が低くする」
«¿Un lado de qué?», pensó Alicia para sí misma
「一面はどうなの?」とアリスは心の中で思いました
—¿El otro lado de qué?
「その向こう側は?」
—El costado del hongo —dijo la oruga—
「キノコの側面だ」と毛虫は言いました
Era como si hubiera hecho su pregunta en voz alta
それはまるで彼女が声に出して質問したかのようだった
Y en otro momento, se perdió de vista
そして次の瞬間、彼は見えなくなってしまいました
Alicia se quedó mirando pensativa el hongo
アリスは思慮深くキノコを見つめたままでした
Estaba tratando de distinguir cuáles eran los dos lados del
hongo
彼女はキノコの両面がどちらであるかを確かめようとし
ていました
Por fin, estiró los brazos alrededor de la seta
とうとう彼女はキノコに腕を伸ばしました
Y rompió un poco los bordes
そして、彼女は端を少し折った
"Y ahora, ¿qué lado es cuál?", se dijo a sí misma

「さて、どちらがどちら側なの?」彼女は自分に言い聞かせました

Y mordisqueó un poco de la parte de la mano derecha
そして、彼女は右手のビットを少しかじった

Al momento siguiente sintió un violento golpe debajo de la barbilla
次の瞬間、彼女は顎の下に激しい打撃を感じた

¡Su barbilla había golpeado su pie!
彼女の顎が彼女の足に当たっていた!

Estaba bastante asustada por este cambio tan repentino
彼女はこの突然の変化にかなり怯えていました

Se estaba encogiendo muy rápidamente
彼女は非常に急速に縮小していました

Así que rápidamente se comió un poco del otro trozo de champiñón
それで彼女はすぐに他のマッシュルームを食べました

Su barbilla estaba muy presionada contra su pie
彼女の顎は彼女の足に非常に密着して押し付けられていました

Apenas había espacio para abrir la boca
彼女の口を開く余地はほとんどなかった

Pero al fin logró abrir la boca
しかし、彼女はついに口を開くことができました

Y tragó un bocado del pedazo de la mano izquierda
そして彼女は左手のビットを一口飲み込んだ

-¡Por fin me han liberado la cabeza! -exclamó Alicia-
「やっと頭が解放されたの!」とアリスは言いました

Se miró a sí misma
彼女は自分自身を見下ろした

Pero todo lo que podía ver era una inmensa longitud de cuello
しかし、彼女が見ることができたのは、巨大な首の長さだけだった

Su cuello parecía elevarse como un tallo
彼女の首は茎のように立ち上がっているように見えました

Y miró hacia abajo sobre un mar de hojas verdes
そして、緑の葉の海を見下ろしました
—¿A dónde han llegado mis hombros?
「私の肩はどこに行ったの?」
"Y oh, mis pobres manos, ¿cómo es que no puedo verte?"
「そして、ああ、私のかわいそうな手、どうしてあなた
に会えないのですか?」
Pero su cuello tenía un beneficio
しかし、彼女の首には1つの利点がありました
Podía mover la cabeza en cualquier dirección
彼女は頭をどの方向にも動かすことができました
De hecho, era como una serpiente
実際、彼女はまさに蛇のようでした
Ella zigzagueó con gracia con la cabeza hacia abajo
彼女は優雅に頭をジグザグに下げました
Y movió la cabeza entre los árboles
そして彼女は木々の間を頭を動かしました
Pero entonces oyó un silbido agudo
しかし、その時、彼女は鋭いシューという音を聞いた
Y rápidamente echó la cabeza hacia atrás
そして彼女はすぐに頭を後ろに引いた
Una gran paloma había volado hacia su cara
大きな鳩が彼女の顔に飛び込んできた
y la paloma se agitó violentamente con sus alas
そして鳩は激しく翼を振っていました

-¡Serpiente! -exclamó la paloma-
「蛇だ！」と鳩は叫んだ
-¡No soy una serpiente! -exclamó Alicia indignada-
「私は蛇じゃない！」とアリスは憤慨して言いました
"¡Déjame en paz!"
「ほっとって！」
"He probado las raíces de los árboles"
「木の根をやってみた」
—Y he probado setos —prosiguió la paloma—
「そして、生け垣を試したことがある」と鳩は続けました
—¡Pero esas serpientes! ¡No hay forma de complacerlos!"
「でも、あの蛇たち！彼らを喜ばせるものはありません！」

Alicia estaba cada vez más desconcertada
アリスはますます困惑しました
-Como si ya fuera bastante trabajo incubar los huevos -dijo la paloma-
「まるで卵を孵化させるのに苦労していなかったかのように」と鳩は言いました

—¡De noche y de día también tengo que estar atento a las serpientes!
「夜も昼も、蛇にも気をつけなきゃ!」
"Acababa de encontrar el árbol más alto del bosque"
「ちょうど森で一番高い木を見つけたんだ」
—¿Estaría libre de serpientes aquí?
「きっと、ここでは蛇から解放されるのだろうか?」
"¡Y sale una serpiente del cielo!"
「そして、空から蛇が出てくる!」
-¡Pero yo no soy una serpiente, te lo aseguro! -dijo Alicia-
「でも、私は蛇じゃないよ、言っちゃうよ!」とアリス
は言いました
"Soy un... Soy un... Soy una niña —añadió con cierta duda—
「私は...私は...私は小さな女の子です」彼女はかなり
疑わしそうに付け加えた
Después de todo, había estado pasando por muchos cambios
結局、彼女は多くの変化を経験してきたのです
—Estás buscando huevos —dijo la paloma—
「卵を探しているんだね」と鳩は言いました
"Lo sé con certeza"
「それは事実として知っています」
—¿Y qué importa si eres una niña o una serpiente?
「それで、あなたが小さな女の子であろうと蛇であろう
と、何が問題なの?」
—A mí me importa mucho —dijo Alicia apresuradamente—
「それは私にとってとても重要なことなの」とアリスは
急いで言いました
"pero no estoy buscando huevos, como suele ser"
「でも、たまたま卵を探しているわけじゃない」
"Y de todos modos no querría tus huevos"
「とにかく君の卵は欲しくない」
"No me gustan los huevos crudos"
「生の卵が好きじゃない」
-¡Pues váyase! -dijo la paloma en tono malhumorado-
「じゃあ、行け!」鳩は不機嫌そうな口調で言いました
Y la paloma se instaló de nuevo en su nido

そして鳩は再び巣に落ち着きました
Alicia se agachó entre los árboles lo mejor que pudo
アリスはできるだけ木々の間にしゃがみ込んだ
Su cuello no dejaba de enredarse entre las ramas
彼女の首は枝に絡まり続けていた
De vez en cuando tenía que detenerse y desenroscar el cuello
時々、彼女は立ち止まって首のねじれを解かなければな
りませんでした
Al cabo de un rato se acordó de la seta
しばらくして、彼女はキノコを思い出しました
Todavía sostenía los trozos de hongo en sus manos
彼女はまだキノコのかけらを手に持っていた
Y se puso a trabajar con mucho cuidado
そして、彼女は非常に慎重に仕事に取り掛かりました
Primero mordisqueó una pieza
まず、彼女は一枚をかじった
Y luego mordisqueó la otra pieza
そして、彼女はもう一片をかじった
A veces crecía
時々彼女は背が高くなりました
y a veces se acortaba
そして時々彼女は短くなりました
pero finalmente alcanzó su altura habitual
しかし、ついに彼女はいつもの身長に達しました
Hacía tiempo que no era de su estatura
彼女はしばらくの間、自分の背丈ではなかった
Así que todo se sintió extraño por un tiempo
だから、しばらくの間、すべてが奇妙に感じられました
"Lo siguiente que hay que hacer es entrar en ese hermoso
jardín"
「次にやるべきことは、あの美しい庭園に入ることだ」
—¿Cómo se va a hacer eso, me pregunto?
「それはどういうことだろうと思うけど?」
Al decir esto, llegó a un lugar abierto
そう言っていると、開けた場所に出くわしました
Había una casita, un poco más de un metro de altura

1メートルより少し高いところに小さな家がありました
"Me pregunto quién vive en esta casita"
「この小さな家には誰が住んでいるのだろう」
"Ciertamente no puedo entrar tan grande como soy"
「確かに、こんなに大きくは入れない」
—¡Los asustaría terriblemente!
「私は彼らをひどく怖がらせます!」
Así que volvió a mordisquear el pequeño champiñón
それで彼女は再び小さなキノコをかじりました
Y pronto bajó treinta centímetros
そしてすぐに彼女は自分自身を30センチ下に下げました

Un cerdo y un poco de pimienta
豚とコショウ

Durante uno o dos minutos se quedó mirando la casa

一分か二分、彼女は立って家を見つめていた

De repente, un lacayo salió corriendo del bosque

突然、一人のフットマンが森から走って出てきた

Vestía un uniforme especial

彼は特別な制服を着ていました

A juzgar solo por su rostro, ella lo habría llamado pez

彼の顔だけで判断すると、彼女は彼を魚と呼んだでしょう

Y golpeó fuertemente la puerta con los nudillos

そして彼は拳でドアを大声で叩いた

La puerta fue abierta por otro lacayo

ドアは別のフットマンによって開けられました

Este lacayo también llevaba una librea especial

このフットマンも特別な服を着ていました

Este lacayo tenía una cara redonda y ojos grandes como los de una rana

このフットマンは丸い顔とカエルのような大きな目をしていました

El lacayo, que parecía un pez, inició la ceremonia
魚のような姿をしたフットマンが儀式を始めました
Sacó algo de debajo de su brazo
彼は脇の下から何かを取り出した
Y sacó de debajo del brazo un sobre
そして彼は腕の下から封筒を取り出した
Y este sobre se lo entregó al otro lacayo
そして、この封筒をもう一人のフットマンに手渡しました
En tono ceremonioso le comunicó las órdenes
彼は儀式的な口調で命令を告げた
"Este mensaje es para la duquesa"
「このメッセージは公爵夫人向けです」
"Una invitación de la reina a jugar al croquet"
「女王からのクロケット遊びへの招待」
El lacayo, que parecía una rana, repitió la orden
カエルのような見た目のフットマンが命令を繰り返した
"De la Reina"
「女王陛下より」
"Una invitación"
「招待状」
"para la duquesa"
「公爵夫人のために」
"Jugar al croquet"
「クロケット遊び」
Entonces ambos se inclinaron profundamente
それから二人は低くお辞儀をした
y los rizos de sus pelucas se enredaron
そして、彼らのかつらのカールが絡まりました
Pronto el lacayo que parecía un pez se había ido
すぐに魚のように見えたフットマンは消えました
Pero el lacayo que parecía una rana todavía estaba allí
でも、カエルのようなフットマンはまだそこにいました
Estaba sentado en el suelo, cerca de la puerta
彼はドアの近くの地面に座っていました
Estaba mirando estúpidamente al cielo

彼は愚かにも空を見上げていた
Alicia se acercó tímidamente a la puerta y llamó
アリスはおそるおそるドアのところまで行き、ノックし
ました
—Es inútil llamar a la puerta —dijo el lacayo—
「ノックしても無駄だ」とフットマンは言った
"Y eso es por dos razones"
「それには2つの理由があります」
"Primero, porque estoy del mismo lado de la puerta que tú"
「まず、僕は君と同じドアの側にいるから」
"En segundo lugar, porque están haciendo mucho ruido
dentro"
「第二に、彼らは中でとても騒いでいるからです」
"Nadie podría escucharte"
「君の声が誰にも聞こえない」
Y, ciertamente, había un ruido extraordinario en su interior
そして、その中では確かに最も異常な騒音が起こってい
ました
un aullido y estornudos constantes
絶え間ない遠吠えとくしゃみ
y de vez en cuando se oye un gran estruendo
そして時折、大きな衝突音がします
como si un plato o una tetera se hubieran roto en pedazos
まるで皿ややかんが粉々に砕けたかのように
-¿Cómo voy a entrar? -preguntó Alicia
「どうやって入ればいいの?」とアリスは尋ねました
—¿Deberías entrar? —dijo el lacayo—
「そもそも乗るべきですか?」とフットマンは言った
"Esa es la primera pregunta, ya sabes"
「それが最初の質問だよ」
Alicia abrió la puerta y entró
アリスはドアを開けて中に入った
La puerta conducía directamente a una gran cocina
ドアは大きなキッチンに通じていました
La cocina estaba llena de humo de un extremo a otro
台所は端から端まで煙でいっぱいでした

en medio de la cocina estaba la duquesa
台所の真ん中には公爵夫人がいました
Estaba sentada en un taburete de tres patas
彼女は3本足のスツールに座っていました
Y ella estaba amamantando a un bebé
そして彼女は赤ん坊を授乳していました
El cocinero estaba inclinado sobre el fuego
コックは火に身を乗り出していました
Estaba removiendo un gran caldero
彼は大きな大釜をかき混ぜていました
y el caldero parecía estar lleno de sopa
そして、大釜はスープでいっぱいになっているようでした
"¡Ciertamente hay demasiada pimienta en esa sopa!" —se dijo Alicia
「あのスープには確かにコショウが多すぎます!」アリスは自分に言い聞かせました
Lo dijo lo mejor que pudo, sin estornudar
彼女はくしゃみをせずにできる限りそれを言いました
Incluso la duquesa estornudaba de vez en cuando
公爵夫人でさえ、時折くしゃみをしました
Pero las acciones del bebé fueron las más notables
しかし、赤ちゃんの行動は最も注目に値しました
El bebé estornudaba y aullaba alternativamente
赤ちゃんはくしゃみと吠えを交互にしていました
No hubo un momento de pausa entre aullidos y estornudos
吠え声とくしゃみの間に一瞬たりとも休むことはなかった
Había dos criaturas en la cocina que no estornudaban
キッチンにはくしゃみをしない生き物が2匹いました
El cocinero estaba demasiado ocupado para estornudar
コックは忙しくてくしゃみをする余裕がなかった
Y al gran gato no pareció importarle el pimiento
そして、大きな猫はコショウを気にしていないようでした
En cambio, el gran gato sonreía de oreja a oreja

それどころか、大きな猫は耳から耳までニヤニヤしていま した

-Por favor, ¿podría decírmelo -dijo Alicia, un poco tímidamente-
「教えてもらえませんか」とアリスは少しおそるおそる言いました

"¿Por qué tu gato sonríe así?"
「どうして猫はあんなにニヤニヤしているの?」

-Es un gato de Cheshire -dijo la duquesa-
「チェシャーキャットです」と公爵夫人は言いました

"Y por eso está sonriendo de oreja a oreja"
「だから彼は満面の笑みを浮かべているんだ」

"No sabía que un gato de Cheshire siempre sonreía"
「チェシャーキャットがいつもニヤリと笑うなんて知らなかった」

—De hecho, no sabía que los gatos podían sonreír —dijo Alicia—
「実は、猫がニヤニヤできるなんて知らなかった」とアリスは言いました

-Hay muchas cosas que no sabes -dijo la duquesa-
「あなたが知らないことはたくさんあります」と公爵夫人は言いました

"Hay muchas cosas que no sabes y eso es un hecho"
「知らないことがたくさんあり、それが事実です」

En ese momento, el cocinero retiró el caldero de sopa del fuego
ちょうどその時、コックがスープの入った大釜を火から下ろしました

Y en seguida se puso a tirar todo lo que estaba a su alcance
そしてすぐに彼女は手の届くところにすべてを投げ始めました

arrojó todo lo que pudo a la duquesa y al bebé
彼女は公爵夫人と赤ん坊にできる限りのことを投げつけました

Primero arrojó los hierros de fuego
最初に彼女は火の鉄を投げました

Luego tiró un puñado de cacerolas
それから彼女は一握りの鍋を投げました
y finalmente tiró los platos y las fuentes
そして最後に、彼女は皿と皿を投げました
La duquesa no le hizo caso
公爵夫人は彼女に気づかなかった
Incluso cuando fue golpeada por un plato, no se preocupó
皿に当たっても、彼女は心配しませんでした
El bebé ya estaba aullando tanto
赤ちゃんはもうあんなに吠えていました
Así que era imposible decir si los golpes lastimaban al bebé
o no
だから、その打撃が赤ちゃんを傷つけたかどうかはわか
りませんでした
—¡Oh, por favor, ten cuidado con lo que estás haciendo! —
exclamó Alicia—
「ああ、どうか気をつけて！」とアリスは叫びました
Y saltaba de un lado a otro en una agonía de terror
そして彼女は恐怖の苦しみで飛び跳ねました
la duquesa le ofreció a Alicia el bebé
公爵夫人はアリスに赤ん坊を差し出しました
"¡Aquí! ¡Puedes amamantar un poco al bebé, si quieres!"
「ここだ！もしよろしければ、赤ちゃんを少し授乳して
もいいよ！」
Y le arrojó al bebé mientras hablaba
そして彼女は話しながら赤ん坊を投げつけた
"Tengo que ir a prepararme para jugar al croquet con la
reina"
「女王様と一緒にクロケットをする準備をしに行かなく
ちゃ」
Y se apresuró a salir de la habitación
そして彼女は急いで部屋を出た
Alicia atrapó al bebé con cierta dificultad
アリスは赤ん坊を難なく捕まえました
porque era una criatura de forma muy extraña
それはとても奇妙な形の小さな生き物だったからです

Y el bebé extendió los brazos y las piernas en todas direcciones
そして、赤ん坊は腕と脚を四方八方に差し出しました
«Será mejor que me lleve a este niño conmigo», pensó Alicia
「この子を連れて行った方がいい」とアリスは思った
"Seguro que matarán a este bebé en uno o dos días"
「彼らはきっとこの赤ん坊を一日か二日で殺すだろう」
—¿No sería un asesinato dejar atrás a este bebé?
「この赤ん坊を置き去りにするのは殺人じゃないの?」
Dijo las últimas palabras en voz alta
彼女は最後の言葉を声に出して言った
Y la cosita gruñó en respuesta
そして、小さなものは答えてうめき声を上げました
—Será mejor que no te conviertas en un cerdo, querida —dijo Alicia—
「豚に変身しないでね」とアリスは言った
"o de lo contrario no tendré nada más que ver contigo"
「さもなければ、私はあなたとこれ以上何も関係がなくなるでしょう」
Alicia empezaba a pensar para sí misma:
アリスはちょうど考え始めていました。
"Ahora, ¿qué voy a hacer con esta criatura cuando la lleve a casa?"
「さあ、この生き物を家に帰ったら、どうしたらいいの?」
Pero entonces la pequeña criatura gruñó un poco violentamente
しかし、その時、その小さな生き物は少し激しくうめきました
y Alicia lo miró a la cara con cierta alarma
そしてアリスは何か驚いてその顔を見下ろしました
Esta vez no podía haber error al respecto
今回は間違いないでしょう
No era ni más ni menos que un cerdo
それは豚以上でも以下でもありませんでした
Así que dejó a la pequeña criatura en el suelo

だから彼女は小さな生き物を下ろしました
y la pequeña criatura se aleja trotando tranquilamente hacia el bosque
そして、小さな生き物は静かに森の中へ小走りで去っていきました
Alicia se sintió bastante aliviada al ver que la criatura se iba
アリスは、その生き物が去っていくのを見て、とても安心しました
Alicia se sobresaltó un poco al ver al Gato de Cheshire
アリスはチェシャーキャットを見て少しびっくりしました
Estaba sentado en la rama de un árbol a pocos metros de distancia
それは数メートル離れた木の枝に座っていました
El gato solo sonrió cuando la vio
猫は彼女を見てだけニヤリと笑った
—Gato de Cheshire —empezó Alicia, bastante tímidamente—
「チェシャーキャット」とアリスはやや臆病そうに話し始めた
—¿Podría decirme, por favor, qué camino debo tomar desde aquí?
「ここからどちらに行けばいいのか教えてもらえますか？」
—En esa dirección —dijo el gato—
「その方向だ」と猫は言った
Y agitó la pata derecha
そして、それは右足を振り回しました
"En esa dirección vive un fabricante de sombreros"
「その方向には帽子の職人が生きています」
Y entonces el gato agitó su otra pata
そして、猫はもう片方の足を振った
"Y en esa dirección vive una liebre de marzo"
「そして、その方向には三月うさぎが住んでいます」
"Visita a cualquiera de los que quieras; los dos están locos"
「どちらかお好きなところにお越しください。二人とも

狂ってる」
—Pero yo no quiero andar entre locos —comentó Alicia—
「でも、おかしい人たちの中には行きたくない」とアリ
スは言いました
—Oh, no puedes evitarlo —dijo el Gato—
「ああ、それは仕方ないよ」と猫は言いました
"Aquí estamos todos locos"
「私たちは皆、ここで怒っています」
"¿Vas a jugar al croquet con la reina hoy?"
「今日は女王とクロケットをしますか?」
—Me gustaría mucho —dijo Alicia—
「とてもしたいです」とアリスは言いました
"pero todavía no me han invitado"
「でも、まだ招待されてないんだ」
—Allí me verás —dijo el Gato—
「そこにいるよ」と猫は言いました
Y de un momento a otro el gato desapareció
そして、ある瞬間から次の瞬間に猫は消えました
pronto Alicia llegó a la vista de la casa de la liebre de marzo
やがてアリスはうさぎの家が見えてきました
Era una casa muy grande
これはとても大きな家でした
así que Alicia no quiso acercarse a la casa
だからアリスは家の近くに行きたくなかった
Primero tuvo que mordisquear un poco más del trozo de
champiñón del lado izquierdo
まず、彼女は左側のキノコをもう少しかじらなければな
りませんでした

Una fiesta de té loca
狂ったお茶会

Delante de la casa había un árbol
家の前には木がありました
y debajo del árbol había una mesa
そして木の下にはテーブルがありました
y la mesa estaba puesta con toda clase de cubiertos
そして、テーブルにはあらゆる種類のカトラリーが置か
れていました
La Liebre de Marzo y el Sombrerero estaban sentados a la
mesa
三月うさぎと帽子職人がテーブルにいました
y juntos estaban tomando el té
そして、彼らは一緒にお茶を飲んでいました
Un lirón estaba sentado entre ellos
ヤマネが二人の間に座っていました
y el lirón se durmió profundamente
そしてヤマネはぐっすり眠っていました
La mesa era de un tamaño extraordinario
テーブルはとてつもなくの大きさでした
Pero la mayor parte de la mesa estaba desocupada
しかし、テーブルの大部分は空いていました
Se sentaron apiñados en una esquina de la mesa
彼らはテーブルの片隅にぎっしりと座っていました
y, sin embargo, se excusaban cuando veían a Alicia
それでも、彼らはアリスを見ると言い訳をしました
"¡No hay espacio! ¡No hay lugar!", gritaron
「部屋がない!部屋がない!」と彼らは叫びました
-¡Hay sitio de sobra! -exclamó Alicia indignada-
「部屋はたっぷりあるよ!」とアリスは憤慨して言いま
した
En un extremo de la mesa había un gran sillón
テーブルの一方の端には大きな肘掛け椅子がありました
y Alicia se sentó en el sillón
そしてアリスは肘掛け椅子に座りました
El sombrerero abrió mucho los ojos

帽子職人は目を大きく見開いた
No podía creer lo que estaba viendo
彼は自分が見ているものが信じられませんでした
Pero su mente tenía curiosidad por otras cosas
しかし、彼の心は他のことに興味を持っていました
—¿Por qué un cuervo es como un escritorio?
「なぜカラスは書き物机のようなものなの?」
Alicia estaba abierta al reto
アリスは挑戦にオープンでした
"Me alegro de que hayan empezado a hacer adivinanzas"
「なぞなぞを解き始めてよかった」
—Creo que puedo adivinarlo —añadió en voz alta—
「そう思うわ」彼女は声に出して付け加えた
La liebre de marzo sintió curiosidad por Alicia
三月うさぎはアリスに興味を持ち始めました
"¿De verdad crees que puedes encontrar la respuesta?"
「本当に答えが見つかると思っているの?」
—Creo que puedo encontrar la respuesta —dijo Alicia—
「確かに答えが見つかると思う」とアリスは言った
—Entonces deberías decir lo que quieres decir —prosiguió la
liebre de la marcha—
「じゃあ、言いたいことを言ってみてね」と、行進のウ
サギは続けました
—Digo lo que quiero decir —respondió Alicia
apresuradamente—
「言いたいことは言ってるよ」とアリスは急いで答えま
した
"por lo menos quiero decir lo que digo"
「少なくとも、私が言っていることは本気です」
"Es lo mismo, ¿sabes?"
「それも同じだよね」
El lirón también contribuyó a la conversación
ヤマネも会話に貢献しました
Pero el lirón parecía estar hablando en sueños
しかし、ヤマネは眠りの中で話しているように見えまし
た

"Respiro cuando duermo"
「寝るときは息をする」
"¡Duermo cuando respiro!"
「息をすると眠る！」
"Bien podría decirse que también son lo mismo"
「あなたも同じだと言った方がいいかもしれません」
-A ti te pasa lo mismo -dijo el sombrerero-
「あなたも同じです」と帽子職人は言いました
Y echó un poco de té en la nariz del lirón
そしてヤマネの鼻に少しお茶を注ぎました
El Lirón sacudió la cabeza con impaciencia
ヤマネは苛立たしげに首を振った
Y volvió a hablar el Lirón, sin abrir los ojos
そして再びヤマネは目を開けずに話しました
"Por supuesto, por supuesto que es lo mismo"
「もちろん、もちろん同じです」
"eso es justo lo que iba a decir yo mismo"
「それは私が自分で言おうとしていたことです」

El sombrerero se volvió hacia Alicia y le hizo otra pregunta
帽子職人はアリスに向き直り、別の質問をしました
—¿Ya has adivinado el enigma?
「もう謎を解いたの?」
—No, me rindo —concedió Alicia—
「いや、あきらめちゃう」とアリスは認めた
"¿Cuál es la respuesta?", quiso saber
「答えは?」彼女は知りたかった
—No tengo la menor idea —dijo el sombrerero—
「私には少しもわからない」と帽子職人は言った
-Ni yo lo sé -dijo la liebre-
「私も知らない」と行進のうさぎは言いました
Alicia dio un suspiro de cansancio
アリスは疲れたため息をついた
"Hay mejores usos del tiempo que los enigmas sin
respuestas"
「答えのないなぞなぞよりも、時間の有効活用法がある
」
-¡Toma un poco más de té! -dijo la liebre a Alicia, muy
seriamente-
「もう少しお茶を飲んでね」と、三月うさぎはアリスに
とても真剣に言いました
Alicia se sintió bastante ofendida por la oferta
アリスはその申し出にかなり気分を害しました
—Todavía no he tomado el té —respondió Alicia—
「まだお茶を飲んでないの」とアリスは答えました
"por lo tanto, no puedo tomar más té"
「だからもうお茶は飲めない」
—Quieres decir que no puedes tomar menos té —dijo el
sombrerero—
「お茶を飲む量を減らすことはできないということです
か」と帽子職人は言いました
"Es muy fácil llevarse más que nada"
「何もしないよりは、もっと簡単に取れる」
Al oír esto, Alicia se levantó y se marchó
すると、アリスは立ち上がって歩き出しました

El lirón se durmió al instante
ヤマネはすぐに眠りに落ちました
y ninguno de los otros hizo la menor atención de que ella se fuera
そして、他の二人も彼女が行くことに少しも気づかなかった
aunque miró hacia atrás una o dos veces
彼女は一度や二度振り返ったが
Intentaban meter el lirón en la tetera
彼らはヤマネをティーポットに入れようとしていました
-De todos modos, ¡no volveré a ir allí! -dijo Alicia-
「とにかく、もう二度とあそこには行かない！」とアリスは言いました。
Y ella caminó su camino a través del bosque
そして彼女は森の中を歩いて行きました
"Esa fue la fiesta del té más estúpida a la que he ido en mi vida"
「今まで行った中で最も愚かなお茶会だった」
Justo cuando dijo esto, notó algo
そう言ったとき、彼女は何かに気づきました
Uno de los árboles tenía una puerta que daba directamente a él
木の1本には、その中に入るドアがありました
"¡Eso es muy interesante!", pensó
「それはとても面白い！」と彼女は思いました
"Creo que es mejor que pase por la puerta"
「ドアを通った方がいいと思う」
Y entró por la puerta
そして、彼女はドアを通って行きました
Una vez más se encontró en el largo pasillo
彼女は再び長い廊下にいることに気づきました
De nuevo estaba cerca de la mesita de cristal
再び彼女は小さなガラスのテーブルの近くにいました
Ella tomó la pequeña llave de oro
彼女は小さな金の鍵を取りました
Y abrió la puerta que daba al jardín

そして、庭に通じるドアの鍵を開けました
Luego se puso manos a la obra mordisqueando el hongo
それから彼女はキノコをかじり始めました
Había guardado un trozo de la seta en el bolsillo
彼女はそのキノコの一部をポケットに入れていました
Y, por último, medía alrededor de un metro de altura
そしてついに彼女の身長は約1メートルになりました
Luego caminó por el pequeño pasillo
それから彼女は小さな廊下を歩きました
Y entonces finalmente se encontró en el hermoso jardín
そして、ついに美しい庭に出ました
y ella estaba entre la flor brillante y las fuentes frescas
そして彼女は明るい花と涼しい噴水の中にいました

El campo de croquet de la reina
女王のクロケット場

Un gran rosal se alzaba cerca de la entrada del jardín
庭の入り口近くに大きなバラの木が立っていました
Las rosas que crecían en el árbol eran blancas
木に生えているバラは白かった
Pero había tres jardineros pintando la rosa
しかし、バラを塗る3人の庭師がいました
Estaban ocupados pintando las rosas de rojo
彼らは忙しくバラを赤く塗っていました
y Alicia los miraba pintar las rosas de rojo
そしてアリスは、彼らがバラを赤く塗るのを見ていました
y de repente sus ojos se posaron por casualidad en Alicia
そして突然、彼らの目がたまたまアリスに落ちました
Alicia habló un poco tímidamente
アリスは少しおずおずと話しました
—¿Podría decírmelo, por favor?
「教えてもらえますか、お願いします」
"¿Por qué están pintando todas esas rosas?"
「なんでみんなあのバラを描いているの?」
Cinco y siete no dijeron nada, pero miraron a dos
五と七は何も言わず、二を見た
Dos hablaron, en voz baja
二人は低い声で話した
"Vaya, el hecho es que ya lo ve, señora"
「なぜ、事実は、ご覧のとおり、マダム」
"Esto de aquí debería haber sido un rosal rojo"
「これは赤いバラの木だったはずだ」
"Y pusimos un rosal blanco por error"
「そして、私たちは誤って白いバラの木を入れました」
"Como estarás de acuerdo, la Reina no debe enterarse"
「君も同意するだろうが、女王陛下は見つけてはいけない」
"De lo contrario, nos cortarían la cabeza a todos"
「さもなければ、私たちは皆、首を切り落とされてしま

うでしょう」

"Así que ya ve, señora, estamos haciendo lo mejor que podemos"

「だからね、マダム、私たちは最善を尽くしています」

La Carta Cinco había estado mirando ansiosamente a través del jardín

カード5は心配そうに庭を見渡していました

En ese momento, la carta cinco gritó: "¡La reina! ¡La reina!"

この瞬間、カード5が叫びました。女王様！」

Y los tres jardineros se escabulleron al instante

そして、3人の庭師はすぐに急いで逃げました

Y se arrojaron de bruces

そして、彼らは顔を伏せた

Se oyó el sonido de muchos pasos

たくさんの足音がしました

Alicia miró a su alrededor, ansiosa por ver a la reina

アリスは周りを見回して、女王に会いたくてたまりませんでした

Al comienzo de la procesión había diez soldados

行列の始まりには10人の兵士がいました

Sus manos y pies estaban en las esquinas

彼らの手と足は隅にありました

y en sus manos y pies había garrotes

そして、彼らの手と足にはこん棒がありました

Luego vinieron los diez cortesanos

次に来たのは10人の廷臣たちです

Los cortesanos estaban adornados con diamantes

廷臣たちは全身にダイヤモンドで飾られていました

Después de los cortesanos venían los hijos reales

廷臣たちの後には、王族の子供たちが来ました

Eran diez los hijos de la realeza

王室の子供たちは10人いました

y todos los niños reales estaban adornados con corazones

そして、すべての王の子供たちはハートで飾られていました

Luego vinieron los invitados; en su mayoría reyes y reinas

次に来たのはゲストでした。主に王と女王
y entre los reyes y la reina, Alicia vio a alguien
そして、王様と女王様の間でアリスは誰かを見ました
Volvió a ver al conejo blanco que había perseguido
彼女は追いかけた白ウサギを再び見た
La procesión fue seguida por la sota de los corazones
行列はハートの小片に続いた
Llevaba la corona del rey
彼は王冠を背負っていました
y la corona del rey estaba sobre un cojín de terciopelo
carmesí
そして、王の王冠は真紅のベルベットのクッションの上
にありました
Y entonces llegó el final de esta gran procesión
そして、この大行列の終わりが来ました
Y allí, al final, estaban el Rey y la Reina de Corazones
そして最後には、ハートの王様と女王様がいました
la procesión venía frente a Alicia
行列はアリスとは反対に来ました
Y todos se detuvieron y la miraron
そして、彼らは皆立ち止まって彼女を見た
Y la reina dijo severamente: "¿Quién es éste?"
するとお妃様は厳しく言いました、「これは誰だ?」
Se lo dijo a la Sota de Corazones
彼女はそれをハートのナイフに言った
Pero él se limitó a hacer una reverencia y a sonreír en
respuesta
しかし、彼はただお辞儀をして微笑んで答えた
Alicia habló muy cortésmente
アリスはとても丁寧に話しました
"Mi nombre es Alicia, así que por favor, su majestad"
「私の名前はアリスです。陛下、お願いします」
Pero ella tenía otros pensamientos para sí misma
しかし、彼女は自分自身に別の考えを持っていました
"¡Después de todo, son solo un mazo de cartas!"
「結局のところ、彼らはただのカードのパックです!」

"¿Sabes jugar al croquet?", gritó la reina
「クロケットができる?」と女王は叫びました
Era evidente que la pregunta iba dirigida a Alicia
その質問は明らかにアリスに向けられたものでした
-¡Sí! -dijo Alicia en voz alta-
「うん!」アリスは大声で言った
—¡Ven a jugar! —rugió la reina—
「じゃあ、遊びに来て!」女王は吠えました
una voz tímida le habló a Alicia
臆病な声がアリスに話しかけた
"¡Es un día muy hermoso!"
「とてもいい日ですね!」
Caminaba junto al conejo blanco
彼女は白ウサギのそばを歩いていました
y el Conejo Blanco la miraba ansiosamente a la cara
そして白ウサギは心配そうに彼女の顔を覗いていました
—Un día muy bueno —confirmó Alicia—
「本当にいい日ね」とアリスは確認しました
—¿Dónde está la duquesa?
「公爵夫人はどこだ?」
"¡Silencio! ¡Silencio!", dijo el Conejo
「静かに!「静かに!」とウサギは言いました
"Está condenada a muerte"
「彼女は死刑判決を受けている」
—¿Por qué la ejecutan? —preguntó Alicia
「彼女は何のために処刑されているの?」とアリスは尋
ねた
—Le ha rayado las orejas a la reina —empezó a decir el
conejo—
「彼女は女王の耳を擦った」とウサギは話し始めた
—gritó la Reina con voz de trueno—
女王は雷鳴のような声で叫んだ
"¡Vayan a sus lugares!"
「自分の場所に行け!」
Y la gente empezó a correr en todas direcciones
そして、人々は四方八方に走り回り始めました

y todos tropezaron unos con otros
そして、彼らは皆、互いにぶつかり合いました
Sin embargo, se calmaron en uno o dos minutos
しかし、彼らは1分か2分で落ち着きました
Y entonces comenzó el juego
そして、ゲームが始まりました
Alicia nunca había visto un campo de croquet tan curioso
アリスはこんなに不思議なクロケット場を見たことがな
かった
La hierba era todo crestas y surcos
草は全部尾根と畝でした
Las bolas de croquet eran erizos de verdad
クロケットボールは本物のハリネズミでした
y los mazos eran flamencos de verdad
そして、木槌は本物のフラミンゴでした
Y los soldados se pusieron de pie sobre sus manos y sus pies
兵士たちは手足で立っていました
porque los arcos estaban hechos de sus cuerpos
アーチは彼らの体から作られたからです
Todos los jugadores jugaron a la vez
プレイヤー全員が一度にプレイしました
Nadie esperó su turno
誰も彼らの順番を待たなかった
y todos se peleaban con todos
そして、誰もが誰とでも喧嘩しました
y todos luchaban por los erizos
そして、全員がハリネズミのために戦っていました
Pronto la reina se vio presa de una furiosa pasión
すぐに女王は激情しました
Y empezó a patalear y a gritar
そして彼女は足を踏み鳴らし、叫び始めました
"¡Córtale la cabeza!"
「彼の頭を切り落とす！」
"¡Córtale la cabeza!"
「彼女の頭を切り落とす！」
"¡Córtale la cabeza a todos!"

「奴らの頭を全部切り落とす!」
De nuevo Alicia pensó para sí misma
アリスはまたもや心の中で思いました
"Son terriblemente aficionados a decapitar a la gente aquí"
「彼らはここで人々を斬首するのが恐ろしいほど好きで
す」
"¡La gran maravilla es que quede alguien vivo!"
「素晴らしい驚きは、生き残った人がいるということで
す!」
Buscaba alguna vía de escape
彼女は何か逃げ道を探していました
Notó una curiosa apariencia en el aire
彼女は空中に奇妙な外観があることに気づきました
«Es el gato de Cheshire», se dijo a sí misma
「チェシャーキャットだ」と彼女は独り言を言いました
"Ahora tendré a alguien con quien hablar"
「さあ、話し相手がいるよ」
—¿Cómo te va? —preguntó el gato
「調子はどうだい?」と猫は言いました
—No creo que jueguen nada limpio —dijo Alicia—
「彼らが公平にプレーしているとはまったく思わない」
とアリスは言った
Y tenía un tono bastante quejumbroso
そして、彼女はかなり不平を言う口調をしていた
"Todos se pelean tan terriblemente"
「みんなひどく喧嘩する」
"Uno no se oye hablar"
「自分の声が聞こえない」
"Y no parecen jugar con ninguna regla"
「そして、彼らはどんなルールにも従わないように思え
ます」
el gato le hizo una pregunta a Alicia en voz baja
猫は低い声でアリスに質問をしました
—¿Qué te parece la reina?
「女王様はどうですか?」
—No me gusta nada —dijo Alicia—

「あの子は全然好きじゃない」とアリスは言った

Alicia pensó que sería mejor que volviera
アリスは戻った方がいいと思った
Quería ver cómo iba el partido
彼女は試合がどうなっているかを見たかったのです
Se fue en busca de su erizo
彼女はハリネズミを探しに出かけました
El erizo estaba ocupado luchando contra otro erizo
ハリネズミは別のハリネズミと戦うのに忙しかった
Esta fue una excelente oportunidad
これは素晴らしい機会でした
Podía hacer croquet a un erizo con el otro
彼女は1匹のハリネズミをもう1匹でクロケットすること
ができました
Pero su flamenco estaba al otro lado del jardín
しかし、彼女のフラミンゴは庭の反対側にいました
El flamenco era bastante torpe
フラミンゴはかなり不器用でした
Su flamenco intentaba volar hacia un árbol
彼女のフラミンゴは木に飛んで行こうとしていました

Atrapó al flamenco por la pierna
彼女はフラミンゴの足をつかんだ
Y guardó el flamenco bajo el brazo
そして彼女はフラミンゴを腕の下にしまい込みました
De esa manera, el flamenco no pudo escapar de nuevo
そうすれば、フラミンゴは二度と逃げられませんでした
Justo en ese momento Alicia se encontró con la duquesa
ちょうどその時、アリスはたまたま公爵夫人に会った
La duquesa ya había salido de la cárcel
公爵夫人は今、刑務所から出ていました
Metió cariñosamente su brazo bajo el brazo de Alicia
彼女は愛情を込めてアリスの腕の下に腕を押し込んだ
Y luego se fueron juntos
そして、彼らは一緒に歩き去りました
Alicia se alegró mucho de encontrarla de tan buen humor
アリスは、彼女がこんなに気持ちいい感じでいるのを見
つけて、とてもうれしかったです
Sin embargo, estaba un poco asustada
しかし、彼女は少し驚いていました
Oyó la voz de la duquesa cerca de su oído
彼女は耳の近くで公爵夫人の声を聞いた
"Estás pensando en algo, querida"
「君は何か考えているんだね」
"Y eso hace que te olvides de hablar"
「それで話すのを忘れてしまう」
—El juego va bastante mejor ahora —dijo Alicia—
「今はゲームがかなり良く進んでいる」とアリスは言っ
た
Era una forma de mantener la conversación
それは会話を続けるための1つの方法でした
-Así es -dijo la duquesa-
「確かにそうです」と公爵夫人は言いました
"Y la moraleja de eso es esta:"
「そして、その教訓はこれです。」
"¡Es el amor el que lo hace todo!"
「すべてを成し遂げるのは愛です!」

"El amor es lo que hace que el mundo gire"
「愛こそが世界を動かしている」
Alicia tenía otra explicación
アリスは別の説明をしました
"¡Lo hace todo el mundo ocupándose de sus propios asuntos!"
「それは、誰もが自分のことを気にしているからだ！」
—¡Ah, bueno! Podrías tener razón"
「ああ、まあ！君の言う通りかもしれない」
-Todo significa lo mismo -dijo la duquesa-
「それはすべてほとんど同じことを意味します」と公爵夫人は言いました
y hundió su afilada barbilla en el hombro de Alicia
そして彼女は鋭い小さな顎をアリスの肩に食い込ませました
"Y la moraleja de eso es esta"
「そして、その教訓はこれです」
"Cuida el sentido"
「感覚を大事にする」
"Y entonces los sonidos se encargarán de sí mismos"
「そうすれば、音は自然に解決する」
Pero entonces el brazo de la duquesa empezó a temblar
しかし、その時、公爵夫人の腕が震え始めました
Alicia alzó la vista y allí estaba la reina
アリスが顔を上げると、そこには女王様が立っていました
La reina tenía los brazos cruzados
女王は腕を組んでいました
¡Y ella fruncía el ceño como una tormenta eléctrica!
そして彼女は雷雨のように眉をひそめていました！
—Te advierto —gritó la reina—
「私はあなたに公正な警告をします」と女王は叫びました
Y pisoteó el suelo mientras hablaba
そして彼女は話しながら地面を踏み鳴らしました
"O tu cabeza o la suya deben estar cortadas"

「あなたの頭か彼女の頭がずれているに違いない」
"¡Toma tu decisión!"
「お好きな方を選んでください!」
"Y ser rápido al respecto"
「そして、それについて迅速に」
La duquesa hizo su elección
公爵夫人は彼女の選択をしました
Y al cabo de un instante la duquesa se fue
そして一瞬のうちに、公爵夫人は去りました
Entonces la reina le habló a Alicia
それからお妃様はアリスに話しかけました
"Sigamos con el juego"
「さあ、ゲームを続けよう」
Alicia estaba demasiado asustada para decir una palabra
アリスは怖くて一言も言えませんでした
Y la siguió lentamente hasta el campo de croquet
そして彼女はゆっくりと彼女の後を追ってクロケット場
に戻った
Todo el tiempo la Reina se peleó con los otros jugadores
その間ずっと、女王は他のプレイヤーと喧嘩していまし
た
"¡Córtale la cabeza!"
「彼の頭を切り落とす!」
"¡Córtale la cabeza!"
「彼女の頭を切り落とす!」
"¡Córtale la cabeza a todos!"
「奴らの頭を全部切り落とす!」
Pronto todos los jugadores estaban bajo custodia
すぐにすべての選手が拘束されました
solo quedaron el rey, la reina y Alicia
王様とお妃様とアリスだけが残りました
Entonces la reina se marchó, casi sin aliento
それから女王は息を切らして去っていきました
y se fue con Alicia
そして彼女はアリスと一緒に立ち去りました
Alicia oyó que el rey decía algo en voz baja

アリスは王様が静かに何かを言うのを聞いた
"Estáis todos perdonados"
「君たちは皆、恩赦された」
Pero de repente se oyó otro grito
しかし、突然、別の叫び声が聞こえました
"¡El juicio está comenzando!"
「裁判が始まります！」
y Alicia corrió con los demás
そしてアリスは他の人たちと一緒に走りました

¿Quién robó las tartas?
タルトを盗んだのは誰ですか?

El rey y la reina de corazones estaban sentados
ハートの王様と女王様が座っていました
estaban en su trono cuando llegó Alicia
アリスが到着したとき、彼らは王位にいました
Había una gran multitud reunida a su alrededor
彼らの周りには大勢の人が集まっていました
Había todo tipo de pajaritos y bestias
いろんな小鳥や獣がいました
Y allí estaba toda la baraja de cartas
そして、カードのパック全体がありました
La sota estaba de pie frente a ellos, encadenada
その騎士は鎖につながれて彼らの前に立っていた
y había un soldado a cada lado para custodiarlo
そして、彼を守るために両側に兵士がいました
cerca del Rey estaba el conejo blanco
王様の近くには白ウサギがいました
Tenía una trompeta en una mano
彼は片手にトランペットを持っていました
y tenía un rollo de pergamino en la otra mano
そして、もう片方の手には羊皮紙の巻物を持っていました
En el centro del patio había una mesa
コートの真ん中にはテーブルがありました
Sobre la mesa había un gran plato de tartas
テーブルの上には大きな皿に盛り込まれたタルトが置かれていました
«Ojalá hicieran el juicio», pensó Alicia
「裁判が終わったらいいのに」とアリスは思いました
—¡Entonces podríamos comer algunos de esos refrescos!
「じゃあ、その軽食を食べよう!」

El juez, por cierto, era el rey
ところで、裁判官は王様でした
y llevaba su corona sobre su gran peluca
そして、彼は大きなかつらの上に王冠をかぶっていました
«Ésa es la tribuna del jurado», pensó Alicia
「あれが陪審員席だよ」とアリスは思いました
"Y esas doce criaturas, supongo que son los miembros del jurado"
「そして、その12人の生き物は、彼らが陪審員だと思います」
algunos eran animales y otros eran pájaros
動物もいれば、鳥もいました
En ese momento el conejo blanco gritó
ちょうどその時、白ウサギが叫びました
"¡Silencio en la corte!"
「法廷に静寂を！」
"¡Heraldo, lee la acusación!", dijo el rey
「伝令よ、告発を読め！」と王は言った
El Conejo Blanco tocó tres veces la trompeta

白ウサギはトランペットを3回吹き鳴らしました
Luego desenrolló el rollo de pergamino
それから彼は羊皮紙の巻物を広げました
Y leyó lo siguiente:
そして、彼は次のように読みました。
"La reina de corazones, hizo unas tartas"
「ハートの女王、彼女はタルトを作りました」
"Todo esto lo hizo en un día de verano"
「彼女が夏の日にやったことすべて」
"La sota de los corazones, robó esas tartas"
「ハートのナイフ、彼はそのタルトを盗んだ」
—¡Y se llevó esas tartas muy lejos!
「そして、彼はそのタルトを遠くに持っていった！」
—Llama al primer testigo —dijo el rey—
「最初の証人を呼んでください」と王は言いました
y el conejo blanco tocó tres veces la trompeta
そして、白ウサギはトランペットを3回吹き鳴らしました
"¡Traigan al primer testigo!", gritó
「最初の証人を連れてこい！」彼は叫んだ
El primer testigo fue el sombrerero
最初の目撃者は帽子職人でした
Entró con una taza de té en una mano
彼は片手にティーカップを持って入ってきた
Y tenía un pedazo de pan con mantequilla en la otra mano
そして、もう片方の手にはパンとバターを持っていました
—Tendrías que haber terminado —dijo el rey—
「お前は終わらせるべきだった」と王様は言いました
—¿Cuándo empezaste?
「いつから始めたの？」
El sombrerero miró a la liebre de marcha
帽子職人はマーチノウサギを見ました
La Liebre de Marzo lo había seguido hasta el patio
三月うさぎは彼を追って宮廷に入った
Había caminado del brazo del lirón

彼はヤマネと腕を組んで歩いていた
—El catorce de marzo, creo que fue —dijo—
「3月14日だったと思う」と彼は言った
—Da tu testimonio —dijo el rey—
「証拠を出せ」と王様は言いました
"Y no te pongas nervioso, o te haré ejecutar en el acto"
「そして、緊張しないでください。さもないと、その場
で処刑します」
Esto no pareció animar en absoluto al testigo
これは、証人を全く励ましそうにではなかった
Seguía moviéndose de un pie al otro
彼は片方の足からもう片方の足へと動き続けた
Y miró inquieto a la reina
そして彼は不安そうに女王を見ました
Y, en su confusión, mordió un gran trozo de su taza de té
そして、混乱の中、彼はティーカップから大きなピース
を噛みちぎりました
En realidad, tenía la intención de morder de su pan y
mantequilla
本当は彼はパンとバターを噛むつもりだった
Justo en ese momento, Alicia sintió una sensación muy
curiosa
ちょうどその時、アリスはすごく不思議な感覚を感じま
した
Empezaba a crecer de nuevo
彼女は再び大きくなり始めていました
Al miserable sombrerero se le cayó la taza de té
惨めな帽子職人は彼のティーカップを落としました
y el pan y la mantequilla cayeron al suelo
そして、パンとバターは地面に落ちました
Y cayó sobre una rodilla
そして彼は片膝をついて倒れた
—Soy un pobre hombre, majestad —comenzó—
「私は貧しい男です、陛下」彼は話し始めた
—Eres un orador muy malo —dijo el rey—
「お前は話すのがとても下手だな」と王様は言いました

—Puedes irte —dijo el rey—
「行ってもいいよ」と王様は言いました
Y el sombrerero abandonó apresuradamente el patio
そして帽子職人は急いでコートを去りました
—¡Llama al próximo testigo! —dijo el rey—
「次の証人を呼べ!」と王様は言いました
El siguiente testigo fue el cocinero de la duquesa
次の証人は公爵夫人の料理人でした
Llevaba la caja de pimienta en la mano
彼女は手にペッパーボックスを持っていました
Y la gente que estaba cerca de la puerta empezó a estornudar
de repente
そして、ドアの近くにいた人々が一斉にくしゃみを始め
ました
—Da tu testimonio —dijo el rey—
「証拠を出せ」と王様は言いました
-No daré ninguna prueba -dijo el cocinero-
「証拠は出さないよ」とコックは言った
El rey miró ansiosamente al conejo blanco
王様は心配そうに白ウサギを見つめました
Y el conejo blanco habló en voz baja
そして白ウサギは静かな声で話しました
"Su Majestad debe interrogar a este testigo"
「陛下はこの証人を尋問しなければなりません」
"Bueno, si debo, debo", dijo el rey
「まあ、もしそうしなければならないなら、そうしなけ
ればならない」と王様は言いました
"¿De qué están hechas las tartas?"
「タルトは何でできているの?」
—Las tartas están hechas de pimienta, en su mayoría —dijo
el cocinero—
「タルトは主にコショウでできています」とコックは言
いました
Durante algunos minutos, toda la corte estuvo en confusión
数分間、裁判所全体が混乱していました
Con el tiempo, todos se calmaron de nuevo

結局、彼らは再び落ち着きました
Pero para entonces el cocinero había desaparecido
しかし、その頃にはコックは姿を消していました
"¡No importa!", dijo el rey
「気にしないで!」と王様は言いました
"Llamar al estrado al próximo testigo"
「証言台に次の証人を呼べ」
Alicia observó al conejo blanco mientras él repasaba a tientas la lista
アリスは、白ウサギが手探りでリストをめくるのを見ていました
Puedes imaginar su sorpresa por lo que escuchó a continuación
次に聞いた音に驚いた彼女の姿が想像できます
con su vocecita estridente, llamó el nombre de «¡Alicia!»
彼は甲高い小さな声で「アリス!」という名前を呼びました。

La evidencia de Alicia
アリスの証拠

-¡Aquí! -exclamó Alicia-

「ほら！」とアリスは叫びました

Se levantó de un salto a toda prisa

彼女は大急ぎで飛び上がった

Y volcó el estrado del jurado

そして彼女は陪審員席をひっくり返しました

y derribó a todos los miembros del jurado

そして彼女はすべての陪審員を倒しました

y cayeron sobre las cabezas de la muchedumbre de abajo

そして、彼らは下の群衆の頭に落ちました

Alicia estaba muy consternada

アリスはひどく落胆していました

"¡Oh, le ruego que me perdone!", exclamó

「ああ、ご容赦ください！」彼女は叫んだ

—El juicio no puede continuar —dijo el rey—

「裁判は進めない」と王は言った

"Los miembros del jurado deben volver a ocupar su lugar"

「陪審員は適切な場所に戻らなければならない」

Repitió la orden con gran énfasis

彼は非常に強調して順序を繰り返しました

y miró a Alicia con severidad

そして彼はアリスを厳しく見つめました

—¿Qué sabe usted de estos acontecimientos? —preguntó el rey a Alicia

「これらの出来事について、あなたは何を知っているの？」と王様はアリスに尋ねました

—No sé nada sobre el tema —dijo Alicia—

「その件については何も知らない」とアリスは言った

Entonces el rey leyó de su libro

その後、王は彼の本を読みました

"Regla cuarenta y dos"

「ルール42」

"Todas las personas que tengan más de una milla de altura deben abandonar el tribunal"

「1マイル以上の身長の人は全員、裁判所を出ることに
なっている」
—No mido ni una milla de altura —dijo Alicia—
「僕は1マイルも高くないよ」とアリスは言った
—Casi dos millas de altura —dijo la Reina—
「高さは約2マイルです」と女王は言いました

—Bueno, me niego a ir —dijo Alicia—
「うーん、行くのは断る」とアリスは言った
El rey palideció
王様は青ざめました
Y cerró apresuradamente su cuaderno de notas
そして彼は急いでノートを閉じた
"Consideren su veredicto", le dijo al jurado
「あなたの評決を考えてみてください」と彼は陪審員に
言った
Habló en voz baja y temblorosa
彼は低く、震える声で話した
Entonces habló el conejo blanco
すると白ウサギが口を開いた
"Todavía hay más pruebas por venir"

「まだまだ証拠は出ています」
Y se levantó de un salto a toda prisa
そして彼は大急ぎで飛び上がりました
"Este papel acaba de ser recogido"
「この論文がちょうど取り上げられました」
"Parece ser una carta escrita por el prisionero"
「囚人が書いた手紙のようです」
Desdobló el papel mientras hablaba
彼は話しながら紙を広げた
"Al fin y al cabo, no es una carta"
「やっぱり手紙じゃないんだよ」
"Lo que era era un conjunto de versos"
「それが何だったかというと、一組の詩だった」
—Por favor, majestad —dijo el bribón—
「お願いします、陛下」と騎士は言いました
"Yo no escribí esos versos"
「あの詩は私が書いたのではない」
"y no pueden probar que yo escribí nada"
「そして、彼らは私が何かを書いたことを証明できない
」
"No hay ningún nombre firmado al final"
「最後に署名された名前はありません」
El rey le habló a la sota
王様は騎士に話しかけました
"Debes haber tenido la intención de causar algún daño"
「何か悪戯をするつもりだったんだろうな」
"De lo contrario, habrías firmado con tu nombre como un
hombre honrado"
「そうでなければ、正直な男のように自分の名前に署名
していただろう」
Hubo un aplauso general
手を叩く声が一斉に上がった
Y el rey se volvió hacia el conejo blanco
そして王様は白ウサギに向き直りました
—Lee los versos —ordenó—
「詩を読め」と彼は命じた

Hubo un silencio sepulcral en la corte
法廷には静寂が漂っていた
Y el conejo blanco leyó los versos
そして、白ウサギが詩を読み上げました
Me dijeron que habías estado con ella
彼らはあなたが彼女のところに行ったことがあると私に
言いました
Y me mencionaron a él
そして、彼らは私を彼に紹介しました
Ella me dio un buen carácter
彼女は私に良い性格を与えてくれました
Pero ella dijo que yo no sabía nadar
でも、彼女は私が泳げないと言いました
Les mandó decir que yo no había ido
彼は私が行っていないと彼らに知らせを送りました
Sabemos que es verdad
私たちはそれが真実であることを知っています
Si ella insistiera en el asunto, ¿qué sería de ti?
もし彼女が問題を押し進めたら、君はどうなるの？
Yo le di uno, ellos le dieron dos
私は彼女に1つ、彼らは彼に2つあげた
Nos diste tres o más
あなたは私たちに3つ以上を与えました
Todos volvieron de él a ti
彼らは皆、彼からあなたのところに戻ってきました
aunque antes eran míos
彼らは以前私のものでしたが
Si yo o ella tuviéramos la oportunidad de serlo
もし私または彼女が万が一だったら
Si yo o ella estuviéramos involucrados en este asunto
もし私または彼女がこの事件に巻き込まれていたら
Él confía en ti para liberarlos
彼はあなたが彼らを自由にすることを信頼しています
Exactamente como estábamos
まさに私たちがそうであったように
Mi idea era que tú habías sido

私の考えでは、あなたはそうだった
Antes de que ella tuviera este ataque
彼女がこの発作を起こす前
Un obstáculo que se interpuso entre
間に立ちはだかる障害
A Él, y a nosotros mismos, y a
彼と私たち自身、そしてそれ
No le dejes saber que a ella le gustaban más
彼女が一番好きだったことを彼に言わないでください
Porque esto debe ser para siempre un secreto, guardado de todos los demás
なぜなら、これは永遠に秘密であり、他のすべての人々から守られなければならないからです
Este secreto debe seguir siendo un secreto entre tú y yo
この秘密は、あなたと私の間の秘密のままでなければなりません
El rey quedó muy impresionado
王様はとても感動しました
"Esa es la prueba más importante que hemos escuchado hasta ahora"
「それは私たちがこれまでに聞いた中で最も重要な証拠です」
—No creo que esos versos tengan un átomo de significado —objetó Alicia—
「あの詩には意味のかけらもないと思う」とアリスは反論した
el rey tenía su propia opinión al respecto
国王はこの問題について彼自身の意見を持っていました
"Si no hay significado en esas palabras, eso salva un mundo de problemas"
「その言葉に意味がなかったら、世界が困る」
"Entonces no necesitamos tratar de encontrar el significado"
「それなら、意味を見つけようとする必要はありません」
"Que el jurado considere su veredicto"
「陪審員に彼らの評決を考えさせてください」

-¡No, no! -dijo la reina-
「いや、いや!」と女王は言いました
"Primero la sentencia y después el veredicto"
「量刑が先で、評決は後」
-¡Tonterías y tonterías! -exclamó Alicia en voz alta-
「くだらないことばかげている!」とアリスは大声で言
いました
"¡Qué tontería es sentenciar al acusado primero!"
「被告に最初に判決を下すなんて、なんてばかげている
んだ!」

—¡Cállate la lengua! —dijo la reina, poniéndose morada—
「舌を押さえて!」女王は紫色に変わりながら言いまし
た
-¡No me callaré! -exclamó Alicia-
「舌を噛まない!」とアリスは言った
—gritó la Reina a voz en cuello—
女王は声の限りに叫んだ
"¡Córtale la cabeza!"
「彼女の頭を切り落とす!」
Nadie hizo un movimiento

誰も動きをしなかった
-¿A quién le importa lo que digas? -dijo Alicia-
「誰があなたの言うことを気にするの?」とアリスは言った
Para entonces ya había crecido hasta alcanzar su tamaño completo
この頃には、彼女はフルサイズに成長していました
"¡No eres más que un mazo de cartas!"
「お前はただのトランプだ!」
Al oír esto, todas las cartas se alzaron en el aire
このとき、すべてのカードが空中に浮かび上がりました
Y todas las cartas cayeron volando sobre ella
そして、すべてのカードが彼女に飛んできた
Ella dio un pequeño grito
彼女は小さな悲鳴を上げた
Estaba medio asustada, pero también enojada
彼女は半分怖かったが、同時に怒っていた
Y trató de quitarse las cartas de encima
そして、彼女は自分自身からカードを撃退しようとしました
Y entonces se encontró tendida en el banco de hierba
そして、彼女は自分が草の土手に横たわっていることに気づきました
Su cabeza estaba en el regazo de su hermana
彼女の頭は妹の膝の上にありました
Algunas hojas muertas habían caído en su cara
彼女の顔には枯れ葉が落ちていました
Y su hermana estaba cepillando suavemente las hojas
そして彼女の妹は優しく葉を払い落としていました
-¡Despierta, querida Alicia! -dijo su hermana-
「起きて、アリス!」と姉が言った
—¡Qué sueño tan largo has tenido!
「なんて長い眠りだったんだろう!」
-¡Oh, he tenido un sueño tan curioso! -exclamó Alicia-
「あら、こんなに不思議な夢を見ちゃったの!」とアリスは言いました

Y le contó a su hermana todo lo que podía recordar
そして、彼女は覚えている限りのことを妹に話しました
todas las extrañas aventuras sobre las que acabas de leer
あなたがちょうど読んでいるすべての奇妙な冒険
Alicia se levantó y salió corriendo
アリスは起きて走り去りました
Y pensó, mientras corría, en su sueño
そして、走りながら、自分の夢について考えました
—¡Qué sueño tan maravilloso había sido!
「なんて素晴らしい夢だったんだろう！」